KB136308

아름다운 영혼의 고백

Goethe, Johann Wolfgang von

아름다운 영혼의 고백

Bekenntnisse einer schönen Seele

초판 1쇄 인쇄_2005년 2월 5일
초판 1쇄 발행_2005년 2월 15일

지은이_요한 볼프강 폰 괴테
옮긴이_김 욱
펴낸이_이대희
펴낸곳_지훈출판사
마케팅_나학주
공급처_서경서적(737-0904)

출판등록일_2004년 8월 27일
출판등록번호_제300-2004-167호
주소_서울시 종로구 내수동 72번지
      경희궁의 아침 오피스텔 3단지 608호
전화_02-738-5535~6
팩스_02-738-5539
E-mail_jihoon1015@naver.com

ISBN 89-955883-1-4 03850
ⓒ지훈 2005

잘못 만들어진 책은 구입처나 본사에서 교환하여 드립니다.

Aus Faustl:Osterspaziergang Johann Wolfgang von Goethe Vom Eise befreit sind Strom und Bäche Durch des Frühlings holden, belebenden Blick, Im Tale grünet Hoffnungsglück; Der alte Winter, in seiner Schwäche, Zog sich in rauhe Berge zurück. Von dorther sendet er, fliehend, nur Ohnmächtige Schauer körnigen Eises In Streifen über die grünende Flur; Aber die Sonne duldet kein Weies: Überall regt sich Bildung und Streben; Alles will sie mit Farben beleben; Doch an Blumen fehlts im Revier: Sie nimmt geputzte Menschen dafür. Kehre dich um, von diesen Höhen Nach der Stadt zurückzusehen! Aus dem hohlen finstern Tor Dringt ein buntes Gewimmel hervor. Jeder sonnt sich heute so gern. Sie feiern die Auferstehung des Herrn; Denn sie sind selber auferstanden: Aus niedriger Häuser dumpfen Gemächern, Aus Handwerks- und Gewerbesbanden, Aus dem Druck von Giebeln und Dächern, Aus der Sträen quetschender Enge, Aus der Kirchen ehrwürdiger Nacht Sind sie alle ans Licht gebracht. Sieh nur, sieh!

요한 볼프강 폰 괴테 지음 ; **김욱** 옮김

Goethe

아름다운 영혼의 고백

미뇽 이야기

지훈

Goethe,
Johann
Wolfgang von

이 책을 읽는 분들에게

인류는 지금까지 세 명의 위대한 시인을 만났다. 이탈리아의 단테, 영국의 셰익스피어, 그리고 독일의 시성詩聖 괴테가 그들이다.

단테가 『신곡』을 통해 인간과 신의 관계를 노래했다면, 셰익스피어는 『햄릿』을 비롯한 수많은 작품으로 인간과 인간의 관계를 노래했다. 반면에 괴테는 『파우스트』를 필두로 인간과 세계의 관계를 부단히 추구했다. 무엇보다도 괴테를 이들 두 명의 시성과 구별짓는 가장 큰 특징은 그가 자신의 삶으로 세계를 노래했다는 데 있을 것이다.

괴테는 인류 역사상 가장 위대한 인간이자, 인간의 모범이라고까지 우러를 수 있는 유일무이한 인간이었다. 그래서 삶이란 대체 무엇인지, 사람이란 과연 어떤 존재여야 하는지 확인하고 싶을 때마다 인류는 괴테의 삶과 그의 삶이 창조한 작품 속으로 뛰어들곤 했다.

물론 고래古來로 괴테보다 더 뛰어난 지혜와 분별 있는 감정과 예리한 상상력을 가진 인물들도 많았다. 단테의 문학적 감수성은 괴테를 능가했으며, 셰익스피어의 풍부한 표현력은 괴테와 필적했을 때 결코 뒤지지 않았다. 하지만 우리가 여전히 괴테를 시인으로서, 그리고 인간으로서 가장 위대한 자격을 갖춘 한 전형으로 인정하는 까닭은 그가 자신의 생애를 통해 이 모든 것을 함축적으로 집대성했기 때문이다.

한 개인의 독특한 인생에서 하나의 작품을 발굴하는 작가들은 이루 헤아릴 수 없이 많았다. 그러나 괴테처럼 자신이 쓴 작품을 직접 삶으로 체현한 시인은 드물었다. 그는 한때 젊

• • •

은 법학도였고, 광산의 감독이었으며, 바이마르 공국의 대신이었다. 때로는 삶의 방랑자였으며, 늙은 여행객이었고, 색채와 광물과 진화론에 열광하는 자연과학도이자, 인간을 수리數理의 한 형태라고 생각하던 수학자였다. 이 다채로운 삶의 이력이 그의 작품이 되었고, 그는 자신의 작품에서 해방되어 또다른 삶으로 다가갔다.

괴테의 작품은 괴테 자신에게 하나의 세계였고, 그의 삶은 그 세계를 살아가는 또 한 명의 인간이었다. 이것이 괴테를 오늘날까지도, 그리고 앞으로 활자가 한 편의 시가 되어 우리들의 영혼을 보듬는 순간마다 그를 기억하게 만드는 이유로 남게 될 것이다.

근대문학의 시작이라고 할 수 있는 이 세기의 천재는

1749년 8월 28일 독일 마인 강변의 프랑크푸르트 자유시에서 요한 볼프강 폰 괴테라는 긴 이름으로 태어났다. 원래 괴테의 집안은 프랑크푸르트의 귀족이 아니었다. 그의 할아버지는 유럽을 떠돌아다니는 가난한 재봉사였다. 그러다가 마침내 이 새로운 도시에 정착하게 되었고, 이곳에서 시민권을 얻어 뿌리를 내렸던 것이다.

그는 프랑크푸르트에서 여관을 경영했는데, 장사가 번창해 큰돈을 모았다. 괴테의 할아버지는 아들인 카스파르가 집안을 명문가로 일으켜주기를 고대하며 법률가로 키웠다. 그러나 괴테의 아버지는 프랑크푸르트 시의 참사회 의원이 되려는 자신의 꿈이 무산되자 우울하고 괴팍한 인물로 일생을 마쳤다. 이 우울하고 어딘가 예술적인 풍모를 띠고 있던 요한 카스파르 괴테는 젊은 시절 아버지의 재력에 힘입어 프랑크푸르트에서 가장 유명한 집안인 시장의 딸과 결혼하는 행운을 얻었는데, 괴테의 어머니는 아버지와 달리 귀족적이고 발랄하며, 종교적이었다. 소년 괴테는 이 두 가지 상반된 세계를 경험하며 성장했고, 할아버지로부터 물려받은 서민적 기풍과 외가에서 비롯된 고풍스런 독일 귀족의 강인함을 두루 갖춘 시인으로 성장했다.

괴테의 모든 작품을 관통하는 가장 큰 주제는 그가 이처럼 어린 시절부터 숙명적으로 겪을 수밖에 없었던 세계와 개인의 갈등에 있다. 괴테는 인간의 삶을 모든 존재와 구별되는 하나의 세계로 인정한 최초의 인물이었다. 그에게는 신과 맞서는 자연이 곧 세계였으며, 인간의 영혼을 결정짓는 신 또한

· · ·

인간과 마찬가지로 만물을 이루는 세계의 일부였다. 그리고 무엇보다도 운명을 거스를 수밖에 없는 인간의 고독과 방황이야말로 그가 찾은 가장 위대한 세계였다. 그는 이 위대한 세계를 발견한 개척자였고, 스스로 하나의 길이 되어 인류에게 헌신한 선지자였다.

　이 책에 실린 「아름다운 영혼의 고백」과 「미뇽 이야기」는 괴테의 대표적 작품이라고 할 수 있는 『빌헬름 마이스터의 수업시대』에서 가려 뽑은 것이다. 「아름다운 영혼의 고백」은 『빌헬름 마이스터의 수업시대』 전8권 중 6권에 해당하고, 「미뇽 이야기」는 이 책에 등장하는 수많은 등장인물 가운데 가장 매력적인 캐릭터라고 평가받고 있는 미뇽에 관한 부분만을 추려 구성한 것이다.

비록 이 책에 실린 작품들이 괴테의 대표작이라고 볼 수는 없으나, 그의 문학과 사상을 이끈 갖가지 질문과 의미들이 담겨 있다는 점에서 조금 난해한 작품들에 비해 훨씬 더 쉽게 괴테를 이해할 수 있는 열쇠가 될 것이다.

인간은 누구나 자신만의 세계에서 군림하기를 꿈꾼다. 이 한 편의 작품으로 자기 안에 숨겨진 세계를 발견할 수 있다면, 독자들의 삶 또한 위대한 인간의 전형으로서 영원히 기억될 것이라 믿는다.

2005년 1월

김 욱

Goethe,
Johann
Wolfgang von

c o n t e n t s

Goethe, Johann Wolfgang von

아름다운 영혼의 고백

I

Goethe, Johann Wolfgang von

아름다운 영혼의 고백

여덟 살 무렵까지 나는 그래도 꽤 튼튼한 편에 속했습니다. 하지만 그나마 몸이 건강했던 시절의 기억은, 내가 어떻게 이 세상에 태어날 수 있었는지 조금도 기억할 수 없는 것처럼, 단 한 가지도 떠오르는 추억이 없습니다. 여덟 번째 생일이 지나자마자 각혈이 시작되었기 때문입니다. 그렇게 각혈이 시작된 후부터 나는 주변에서 일어나는 모든 일을 좀더 자세히 느낄 수 있었고, 또 그 일들을 순서대로 기억할 수 있는 능력을 얻었습니다. 어쨌든 각혈이라는 이 뜻밖의 사건만은 바로 어제 일어난 일처럼 지금도 눈앞에 선명히 떠오릅니다.

나는 무려 아홉 달 동안이나 갑갑한 침대에 누워 있어야 했습니다. 지금 생각해보면 그 지루한 시간들이 내게 얼마나 소중했던가를 어렴풋이 깨닫게 됩니다. 그 아홉 달 동안 나는 천천히, 그리고 조용히 내 마음을 관찰하기 시작했고, 한편으로는 세상을 바라보는 눈도 조금씩 성숙해지는 것을 느꼈습니다.

　　쓸데없이 나의 처지를 괴로워하거나, 또는 갑자기 누군가를 열렬히 생각하면서 기나긴 시간을 흘려보냈습니다. 기침은 날이 갈수록 심해졌고, 열은 밤낮을 가리지 않고 올랐으며, 갈라질 대로 갈라진 목소리 때문에 말 한마디 제대로 할 수 없었습니다. 마치 껍데기 속에 몸을 숨긴 달팽이처럼 죽은 듯이 지냈습니다. 그러다가 몸이 조금이라도 회복되는 낌새가 보이면 나는 무언가 재미있는 일을 계획하고 싶어 몸살이 날 것만 같았습니다.

　　하지만 그때까지도 나는 침대에 누워 있어야 했습니다. 몸을 움직이는 것은 나를 간호하는 사람들의 감시 때문에 꿈도 꿀 수 없었습니다. 하는 수 없이 눈과 귀로 세상을 보고 들어야겠다고 결심했습니다. 이것 외엔 이 지루한 시간을 견딜

17

방법이 없다고 생각했습니다. 그래서 인형과 갖가지 그림책을 침대 위에 쌓아놓고 하루 종일 혼자 지냈습니다. 처음 며칠은 그럭저럭 재미있었지만, 책 속에 갇힌 이야기와 아무 말도 하지 못하는 인형만으로는 부족하다는 생각이 들었습니다. 그날 이후 나를 위로하러 찾아오는 사람들에게 무조건 재미있는 이야기를 해달라고 졸랐습니다.

어머니는 성서에 나오는 이야기를 들려주셨습니다. 아버지는 재미있는 이야기 대신 그동안 수집한 갖가지 수집품들로 나를 즐겁게 해주셨습니다. 아버지는 정말 엄청나게 많은 수집품을 가지고 계셨습니다. 하루도 거르지 않고 수집품을 넣어둔 서랍을 차례로 빼내 나에게 보여주시며 여러 가지 지식을 가르쳐주셨습니다.

아버지가 수집해놓은 바싹 말린 식물과 곤충, 여러 종류의 해부학용 표본, 사람의 피부, 뼈, 미라 등이 아직 어린 소녀였던 나의 병실에서 날마다 새롭게 꾸며졌습니다. 가끔 아버지가 사냥하신 갖가지 새와 짐승도 부엌에서 요리되기 전에 항상 내가 누워 있는 병실에서 먼저 공개되곤 했습니다.

숙모도 자주 놀러오셨는데, 요정과 마왕魔王의 이야기,

짓궂은 연애담들을 들려주셨습니다. 물론 다 이해할 수는 없었지만, 나름대로 상상을 통해 어떤 의미인지는 짐작할 수 있었습니다. 이 모든 경험들이 병실에 누워 세상을 이해할 수밖에 없었던 내 마음속에 단단히 뿌리를 내리는 것 같았습니다.

혼자 지내야 되는 시간이 찾아오면 나는 그동안 사람들이 들려준 이야기 속에서 몇 시간이고 헤맸습니다. 그때 어머니께선 내가 혼자 중얼거린 노랫말을 적어두셨는데, 지금도 나는 그 노랫말들을 모두 외우고 있습니다.

나는 간혹 아버지가 새로운 수집품을 보여주실 때면 아버지의 말투를 흉내내며, 아버지에게 "이 약초는 어디서 자라난 거죠? 어떤 모양을 하고 있었죠? 이름은 뭐죠?" 하고 꼬치꼬치 캐묻곤 했습니다.

숙모가 들려주신 이야기도 결코 그대로 흘려버리지는 않았습니다. 나는 예쁜 옷을 입고, 멋진 왕자님을 만나러 가는 상상을 하루도 빼놓지 않고 했습니다. 나의 상상 속에서 그 왕자님들은 처음 보는 이 아름다운 소녀가 누구인지 확인하기 전까지는 아무래도 마음을 가라앉힐 수 없는 것처럼 보였습니다.

19

하얀 옷을 입고 금빛 날개를 퍼덕이며 나에게 친절을 베풀어준 매력적인 작은 천사를 만날 때도 내 마음은 두근거렸습니다. 이런 상상 속의 모험은 꽤 오랫동안 지속되었습니다. 나중에는 꿈속에 나타난 천사의 모습이 실제로 찾아와 내 방을 날아다니는 것 같은 착각에 빠지기도 했습니다.

1년쯤 침대에 누워 있자 몸은 상당히 회복되었습니다. 비록 몸은 회복되었지만, 어린 시절의 철없던 순진함은 모두 사라진 뒤였습니다. 이제는 인형과 함께 놀고 싶다는 생각 따윈 하지 않았습니다. 대신 나는 애정을 함께 나눌 어떤 대상을 그리워하게 되었습니다.

아버지는 개, 고양이, 새 같은 애완동물을 기르고 계셨는데, 그 작고 귀여운 짐승들이 인형을 대신해 나의 새로운 친구가 되었습니다. 하지만 숙모가 들려주신 이야기 속 주인공을 가질 수만 있다면, 나는 내가 가진 이 모든 것들을 아낌없이 내놓았을 것입니다.

그 주인공이란, 어느 가난한 농부의 딸이 숲에서 발견한 어린 양 한 마리였습니다. 이 가녀린 짐승은 마술에 걸린 왕자였습니다. 그 어린 양은 우여곡절 끝에 결국 아름다운 청년의 모습으로 되돌아와 자신의 생명을 구해준 가난한 농부의 딸을 아내로 맞아 그 은혜에 보답했다는 이야기였습니다. 나는 숙모에게 이 이야기를 들은 후 날마다 어린 양이 왕자로 되돌아오는 상상에 빠졌습니다.

문제는 마술에 걸린 양을 어디에서도 찾을 수 없다는 점이었습니다. 한동안은 크게 낙담했지만, 이것이 단순한 동화에 지나지 않는다는 사실을 깨닫고선 어린 양에 대한 환상도 조금씩 사라졌습니다. 이 어린 양 대신 나는 몇 권의 책을 통해 스스로를 위로하게 되었습니다. 그중에서도 내가 가장 좋아했던 책은 『기독교도가 된 독일의 헤라클레스』[1]였습니다.

그 책에 나오는 경건한 사랑 이야기가 내 마음을 얼마나 흥분시켰는지 모릅니다. 헤라클레스는 사랑하는 발리스카에게 무슨 일이 일어난다든지, 발리스카가 무서운 일을 당한다든지 하면 그녀를 돕기 전에 항상 기도를 했습니다. 헤라클레

---

1) 궁정 목사 부흐홀츠의 소설로 도덕적·종교적인 당시의 시대사상이 담겨 있다. 원제목은 『기독교도가 된 독일의 헤라클레스와 보헤미아 공주 발리스카의 기담』으로, 1669년 여섯 권으로 발간되었다. 그 후 여덟 권으로 재출간되었다.

스의 기도문이 그 책에 자세히 적혀 있었는데, 간결하고도 고귀하게 쓰인 기도문이 내 마음을 얼마나 흐뭇하게 만들었던지! 내가 어느 순간부터 어렴풋이 느끼기 시작한 눈에 보이지 않는 창조주를 향한 사모의 마음이 조금씩 깊어만 갔습니다. 나는 하느님께서 내 마음을 이해해주시기를 밤마다 기도했습니다.

자라나면서 나는 많은 책을 읽었습니다. 그중에서도 가장 좋아한 책은 『로마의 옥타비아』[2]였습니다. 초기 기독교도들이 겪은 박해가 흥미로운 소설체로 쓰여 있어 무척 재미있게 읽었습니다.

그런데 내가 늘 책만 읽고 다른 일에는 전혀 신경을 쓰지 않자 어머니는 나를 걱정하기 시작했습니다. 아버지는 어머니의 체면을 생각해 일단 나에게서 책을 빼앗았지만, 다음날

---

2) 브라운쉬바이크의 후작이었던 안톤 울리히의 소설. 네로의 황후인 옥타비아를 주인공으로 그린 작품이다. 초판은 1695~1707년까지 모두 여섯 권으로 발간되었으나, 1712년 울리히가 사망한 후 발견된 미발표작을 더해 일곱 권으로 간행되었다.

아침에는 몰래 내 방으로 와서 책을 돌려주시곤 하는 것이었습니다. 이런 일이 반복되자 어머니는 나에게서 책을 멀리 떼어놓는 것이 불가능하다는 것을 깨닫고선 하는 수 없이 성서를 건네주시며 다른 책처럼 성서도 열심히 읽으라고 권하셨습니다. 어머니가 이렇게 말씀하시지 않아도 당시 저는 성서에 상당한 관심을 갖고 있었습니다.

　　어머니는 읽어서는 안 될 책들이 내 눈에 띄지 않도록 신경을 쓰셨습니다. 물론 그런 책들은 발견하더라도 나는 읽지 않았을 것입니다. 왜냐하면 나와 알고 지내던 귀족의 자제들은 모두 행실이 단정했고, 성적인 문제에 대해 이미 나 나름대로 어떤 판단이 서 있었기 때문입니다. 무엇보다도 나는 이런 지식을 어머니가 주신 성서를 통해 배웠습니다.

　　나는 성서의 의문스러운 구절이나 처음 접한 사물, 또는 누군가로부터 전해들은 이야기가 잘 이해되지 않을 때 그동안 쌓은 얕은 지식과 상상력으로 감춰진 진실을 짐작할 줄 아는 나만의 능력이 있었습니다. 아무도 내게 인간의 성욕에 대해 일러주지 않았지만, 나는 성서에 등장하는 몇몇 구절을 통해 신비스런 성의 관문을 열 수 있었던 것입니다. 마찬가지로 누군가 내게 마녀의 생활을 이야기했더라면 틀림없이 마법에 정통한 마녀가 되었을지도 모릅니다.

이렇게 한동안 책만 읽던 나는 요리에 관심을 갖게 되었습니다. 어머니께서 원하기도 했지만, 음식을 만드는 과정에서 나는 꽤 많은 지식을 얻을 수 있었습니다. 나는 닭이나 돼지를 해부하는 것이 무척 즐거웠습니다. 아버지께 그 내장을 직접 발라 보여드리면, 아버지는 마치 젊은 의학도를 가르치는 교수처럼 위장이나 간, 심장의 구조를 설명해주셨습니다. 그리곤 아무렇지도 않게 핏물이 뚝뚝 떨어지는 내장을 들고 뛰어다니는 나를 재미있다는 듯 지켜보셨습니다.

이제 나는 열두 살이 되었습니다. 다른 사람들처럼 프랑스어와 춤과 그림공부를 시작했고, 또 종교교육도 받았습니다. 이 종교교육은 여러 가지를 새롭게 느끼고 생각할 수 있는 계기가 되었습니다. 하지만 그때까지도 나의 미래라든가 신상에 관한 일에 대해서는 아직 그다지 관심이 생기지 않았습니다.

나는 하느님에 대한 이야기를 즐겨 들었습니다. 그리고

Goethe, Johann Wolfgang von

같은 또래의 아이들보다 하느님에 대해 내가 더 많은 것을 알고 있다는 사실에 자부심을 가졌습니다. 나는 다른 아이들에게 자랑하고자 종교적인 책을 많이 읽었습니다. 그러나 정작 내가 어떤 상태인지, 나의 영혼이 어떻게 이루어졌는지, 이 영혼이 저 영원한 태양처럼 무한할 수 있는지에 대해서는 단 한 번도 심각하게 고민해보지 않았습니다. 나는 그런 것들이 이미 모두 정해져 있다고 생각했습니다.

나는 프랑스어를 아주 열심히 공부했습니다. 내게 프랑스어를 가르치던 선생님은 무척 성실하신 분이었습니다. 실용적인 회화나 딱딱한 문법만 고집하는 다른 선생님들과는 달랐습니다. 그분은 학문에 정통하여 세상의 이치를 궁구할 줄 아는 분이었습니다. 단순히 어휘만 가르치는 것이 아니라 동시에 여러 가지 학식으로 나의 모자란 지식을 인도하셨습니다. 나는 선생님을 무척 존경했습니다. 시간이 되면 항상 두근거리는 가슴을 진정시키며 선생님을 기다리곤 했습니다.

그림공부도 별 탈 없이 진행되었지만, 만약 미술 선생님이 프랑스어 선생님만큼 현명하고 지혜로웠다면 나의 그림 솜씨는 훨씬 좋아졌을 것이라고 생각합니다. 하지만 아쉽게도 미술 선생님은 손재주만 탁월하신 분이었습니다.

춤은, 솔직히 말하면 그다지 하고 싶은 마음이 생기지 않았습니다. 게다가 병치레를 하고 난 뒤로 체질이 매우 민감해져서 낯선 사람의 손길이 닿으면 거부감을 느끼는 일이 많았습니다. 그래서 연습 상대로 항상 여동생을 데리고 다녔습니다. 하지만 우리들에게 춤을 가르치던 선생님은 자주 무도회를 열곤 했습니다. 이렇게 되자 어쩔 수 없이 낯선 소년들과 춤을 출 기회가 많아졌고, 나도 모르게 점점 타인의 손길이 익숙해지기 시작했습니다.

함께 춤을 배우던 소년들 중 가장 눈에 띄는 사람은 시종장侍從長의 두 아들이었습니다. 동생은 나와 동갑이었고 형은 두 살이 많았는데, 둘 다 상당한 미소년으로 모두들 이 근방에서 이들처럼 잘생긴 소년은 본 적이 없다는 말을 자주 하곤 했습니다.

나 역시 이들 두 소년과 춤을 춘 뒤로 다른 사람은 눈에 들어오지도 않게 되었습니다. 그때부터 멋있게 춤을 추고 싶다는 생각이 들어 열심히 연습했습니다. 그리고 왠지 이 두 소년도 수많은 소녀들 중에서 특히 내게 많은 관심을 보이는 것

Goethe, Johann Wolfgang von

같았습니다. 아무튼 함께 춤을 배우기 시작한 지 얼마 안 되어 우리들은 아주 친한 사이가 되었습니다.

우리들은 단지 춤만 함께 배우는 것이 아니라 만날 장소를 정해 수시로 데이트를 즐겼습니다. 이런 뿌듯하고 미묘한 감정은 난생 처음 겪는 것이라 나는 이들 형제와의 만남을 얼마나 소중히 생각했는지 모릅니다.

가끔 형제들이 각각 정중한 편지와 꽃다발을 보내며 나의 안부를 묻곤 했는데, 그때마다 나는 얼마나 기뻤는지 말로 표현할 수 없을 정도였습니다. 나는 편지를 받고 나면 항상 답장을 써서 보내곤 했습니다.

그 후로도 우리들은 교외와 산책로를 정해 즐거운 만남을 계속했습니다. 우리 또래의 젊은 친지들은 항상 우리 셋을 함께 초대해주곤 했습니다. 대신 부모님이 우리들의 관계를 눈치채지 못하도록 조심하는 것을 늘 잊지 않았습니다.

이렇게 해서 나는 동시에 두 명의 애인과 사귀게 되었습니다. 둘 중 한 명을 편애하는 일이 없도록 늘 신경을 써야 했습니다. 다행히 두 형제 모두 내 마음에 흡족할 만큼 준수했기에 우리들 셋은 항상 즐겁게 지낼 수 있었습니다.

그런데 어느 날 갑자기 형이 병에 걸렸습니다. 나 또한 그때까지 여러 번 병을 앓은 경험이 있었기 때문에 그의 고통을 짐작할 수 있었습니다. 나는 침상에 누운 그를 위로하기 위해 맛있는 음식과 책들을 골라 날마다 보내주었습니다. 그러자 형제의 부모님도 나의 마음 씀씀이를 고맙게 여겨 그가 병에서 회복되자 곧 나와 여동생을 초대했습니다.

병에서 회복되어 다시 건강한 모습으로 나를 맞는 그의 태도는 더 이상 어린 소년의 치기어린 연정이 아니었습니다. 그날 이후 내 마음은 완전히 그에게 기울었습니다. 그는 동생에게 우리 둘의 관계를 당분간 비밀로 하자고 부탁했습니다. 하지만 그를 향한 나의 마음을 쉽게 숨길 수는 없었습니다.

결국 동생은 새롭게 진전된 우리 두 사람의 관계를 눈치 채고 말았습니다. 우리들의 관계를 질투하던 동생은 갖가지 방법으로 우리의 사랑을 방해하려고 애썼습니다. 마치 우리 사이를 방해하는 것이 세상에서 가장 큰 기쁨이라도 되는 것처럼 행동했습니다. 하지만 동생의 방해 덕분에 우리의 사랑은 시간이 지날수록 더욱 애틋해지기만 했습니다.

나는 어린 시절부터 꿈꿔왔던 마법에 걸린 왕자님을 찾은 것 같았습니다. 그렇지만 이 왕자님과의 사랑 때문에 나는 마치 병을 앓는 환자처럼 괴로움을 맛보아야만 했습니다. 나는 다시 얌전해졌고, 주위의 소란에서 벗어나고 싶어졌습니다. 가족들과 함께 있을 때도 외로웠습니다. 밤마다 이유를 알 수 없는 눈물이 흘러 베개를 적시곤 했습니다. 다시 한 번 내 마음속 한켠에 묻어두었던 하느님에 대한 생각이 떠올랐습니다. 하느님은 아직 나를 잊지 않으신 것 같았습니다. 왕자님은 여전히 몸이 허약했고, 며칠씩 자리에 누워 꼼짝도 하지 못하는 날이 많았습니다. 그를 위해 얼마나 가슴 저미도록 기도드렸는지 아직도 생생하게 기억합니다.

　　이것은 나의 첫사랑이었습니다. 사랑을 하기엔 아직 어린 나이였지만, 이 쓰라린 고통과 기쁨은 여리기만 한 나의 마음을 한층 더 성숙시키는 계기가 되었습니다.

　　그때까지도 프랑스어 수업은 계속 되고 있었습니다. 선생님은 프랑스어를 더욱 세심히 가르치기 위해 작문 숙제를 내주시곤 했는데, 나는 이번에 겪은 사랑 이야기를 간추려 「필리스와 다몬」[3]이라는 제목을 붙여서 제출했습니다. 선생

29

님은 이것이 나의 이야기라는 것을 곧 알아차렸습니다. 다행히 경박하다고 나무라시진 않았습니다. 오히려 나의 순수한 감정을 매우 칭찬하셨습니다. 나는 선생님의 칭찬에 용기를 얻어 아무에게도 털어놓지 못했던 감정을 있는 그대로 적어 나갔습니다. 어떤 구절이었는지 지금은 잘 기억이 나지 않지만, 선생님께선 이렇게 말씀하셨습니다.

"이 대목은 정말 감정이 풍부하군요. 아주 자연스러워. 하지만 귀여운 필리스도 조심하는 것이 좋겠어요. 이런 사소한 감정도 갑자기 진지한 사건으로 발전할 수 있으니까."

나는 선생님이 나의 순수한 정열을 남녀간의 사사로운 애정문제로 치부하는 데에 화가 났습니다. 그래서 뾰로통한 얼굴로 선생님이 말하는 그 진지한 사건이 무엇을 뜻하는 것인지 물어보았습니다. 그러자 선생님은 나의 예상과 달리 아무 거리낌 없이 그것은 육체적인 문제에 속한다고 결론을 내리셨습니다. 나는 선생님의 이 같은 대답에 깜짝 놀랐습니다.

---

3) 당시 유행하던 전원문학의 작품에 등장하는 남녀 주인공.

그러나 잠시 후 선생님이 겨우 그 정도밖에 생각할 수 없는 분이었다는 데 화가 났습니다. 그리고 나를 그토록 천박하게 여겼다는 것에 실망을 감출 수 없었습니다. 나는 나 자신을 변호하는 심정으로 선생님께, "필리스는 정숙한 아가씨입니다."라고 얼굴을 붉히며 외쳤습니다.

선생님은 나의 신경질적인 반응이 재미있다는 듯 내가 쓴 작문에 등장하는 여주인공을 이런저런 이야기로 놀려댔습니다. 마침 그때 선생님과 나는 프랑스어로 대화하고 있었는데, 선생님은 필리스가 말려들어서는 안 될 진지한 관계에 대해 무척 심각하게 주의를 주셨습니다. 나는 바보 취급을 받는 것 같아 순간 몹시 당황했습니다. 선생님도 내가 어리둥절한 표정을 짓자 곧 그 이야기를 그쳤습니다. 하지만 기회가 있을 때마다 선생님은 희곡이나 소설에 등장하는 사건을 설명하면서 여성에게 순결이 얼마나 중요한 덕목인지 강조하셨습니다.

나는 더 이상 선생님의 생각에 반박하진 않았지만, 속으로는 상당히 불쾌했습니다. 선생님이 나를 아직도 어린애로 취급하고 있다는 생각이 들었던 것입니다.

그토록 사랑스럽던 다몬과의 사이도 시간이 지나자 조금씩 멀어지기 시작했습니다. 동생의 질투도 견디기 힘들 정도로 귀찮아졌습니다.

그리고 얼마 후 아름다운 두 형제는 뜻밖에도 모두 세상을 떠나고 말았습니다. 나는 몹시 슬퍼했지만, 어찌 된 일인지 그들을 쉽사리 잊게 되었습니다.

필리스는 그 후로도 계속 성장했습니다. 몸도 이제는 완전히 건강을 되찾았습니다. 그리고 조금씩 세상의 거센 풍랑과 부딪치기 시작했습니다.

황태자의 혼례가 있은 지 얼마 되지 않아 부왕이 세상을 떠났고, 황태자가 새로 즉위했습니다.

부왕의 죽음으로 한동안 침울했던 궁정과 도시는 새롭게 활기를 띠기 시작했습니다. 나도 첫사랑의 아픈 추억을 묻고 이 새로운 환경에 관심을 갖게 되었습니다. 날마다 연극이 공연되었고, 매일 밤 무도회가 열렸으며, 갖가지 모임들이 조직되었습니다. 우리 부모님은 될 수 있는 한 딸들을 집안에 붙잡아두려 했지만, 궁정에 출입하는 것까지 말릴 수는 없었습니다.

새로 즉위한 왕을 만나기 위해 여러 공국公國에서 사람들이 찾아왔습니다. 집집마다 다른 공국에서 찾아온 인사들로 북적였습니다. 우리 집에도 아버지와 절친한 신사 몇 분이 묵게 되었는데, 며칠 후 다른 몇몇 분도 찾아왔습니다. 그나마 저희 집은 조용한 편이었습니다. 숙부 댁 같은 곳에는 세계 곳곳에서 찾아온 사람들을 모두 볼 수 있을 정도였습니다.

프랑스어 선생님은 내 기분을 언짢게 하지 않는 범위 내에서 여전히 그 정조라는 문제에 대해 가르치려고 하셨습니다. 하지만 나름대로 고심 끝에 충고하신 선생님의 의도는 항상 나의 기분을 망쳐놓았습니다. 나는 선생님이 너무 한쪽 면만을 고집한다고 생각했습니다. 아마도 그 무렵 나의 생각이 옳았을 것입니다.

선생님은 여자는 항상 약자일 수밖에 없다고 말씀하셨는데, 나는 도무지 그런 사고방식을 받아들일 수 없었습니다. 다만 너무나 확고하게 자신의 주장을 확신하는 선생님 때문에 어쩌면 여자란 한없이 나약한 존재일지도 모른다는 걱정이 든 적은 있었습니다.

어느 날 나는 선생님의 그 똑같은 주장이 반복되기를 조용히 기다렸다가 이렇게 대답했습니다.

"여성이 그토록 약하기만 한 존재라면, 그리고 같은 여성인 제 마음도 그토록 약할 수밖에 없다면, 저는 제 자신을 지킬 수 있도록 하느님께 기도드리겠어요."

나의 이 같은 대답이 선생님을 다소나마 안심시켰던 것 같았습니다. 선생님은 신앙에 의지하는 것이야말로 인간의 한계를 극복할 수 있는 최선의 방법이라며 나를 칭찬하셨습니다. 그러나 나는 선생님의 고리타분한 잔소리가 듣기 싫어 입에서 나오는 대로 대답한 것에 지나지 않았습니다. 신앙을 끄집어낸 내 마음은 진심이 아니었습니다. 나는 이미 눈에 보이지 않는 신에 대해서는 관심이 거의 없었습니다.

내 주변에 있는 사람들은 하나같이 나를 자신들과 같은 모습으로 만들고 싶어 안달이 난 것처럼 보였습니다. 그들과 함께 있다 보면 마치 급류를 타고 깊은 낭떠러지로 떨어지는 기분이 들곤 했습니다. 그 시간은 나의 짧은 생애 중 가장 한심하고, 공허한 시간들이었습니다.

하루하루가 그저 멍하니 흘러갔습니다. 특별한 일도 없

었고, 나의 허전한 마음을 채울 만한 사건도 없었습니다. 그래도 신기한 것은 나의 마음이 항상 무엇인가에 들떠 있었다는 점입니다. 그토록 즐겨 보던 책 역시 먼지가 쌓일 때까지 들춰 볼 생각이 나지 않았습니다.

내가 속한 사교계 사람들은 모두 귀족이었지만, 학문에는 조금도 관심이 없는 사람들이 대부분이었습니다. 이것이 당시 독일 궁정의 모습이었습니다. 이들에겐 문화라는 것이 없었습니다. 단지 배가 부를 때까지 먹고 마시고, 소화가 될 때까지 춤을 추고 떠드는 것뿐이었습니다.

이런 저속한 환경이 내 마음과 영혼을 나태하게 만든 것은 어떻게 생각하면 당연한 일입니다. 나의 일상은 늘 감각적인 자극을 찾아 헤매는 데 허비되었습니다. 나는 더 이상 기도하지 않았습니다. 미래에 대해서도 생각하지 않았고, 하느님에 대해서도 생각하지 않았습니다. 그렇다고 매일 마주치는 잘생기고 부유한 귀족 청년들에게 넋이 나간 것도 아니었습니다. 이것은 지금 생각해도 참으로 하느님의 섭리였다고 생각됩니다.

궁정에서 만나는 청년들은 하나같이 천박했고 비열했으

며, 그런 자신들의 모습을 자랑스럽게 떠들고 다녔습니다. 나는 사실 이런 청년들이 두려웠습니다. 그들은 자신들만의 은어로 대화를 나눴습니다. 그리고 그 대화의 주제는 대부분 나를 비롯한 여자들이었습니다. 나는 이 사실을 알게 된 뒤로 그들의 야만스러움에 비위가 상해 항상 냉정한 태도로 그들의 관심에서 벗어나고자 노력했습니다. 그들은 내가 늘 적대적인 태도로 자신들에게 맞서자 입에 담기도 민망한 행동으로 나를 우롱했습니다. 그래서 나도 지지 않고 그들과 똑같은 행동으로 상대해줬습니다.

프랑스어 선생님이 어느 날 이런 말씀을 하셨습니다.

"저런 천박한 사람들을 상대하다간 언제 어느 때 순결을 잃게 될지 몰라요. 게다가 건강까지 위험해질 수 있습니다."

선생님의 충고를 듣자 나도 모르게 그들의 충혈된 눈동자가 무서워졌습니다. 그리고 낯선 청년이 내 곁으로 다가오기만 해도 무의식중에 몸을 움츠리는 것이었습니다. 어쩔 수 없이 참석해야만 할 모임에 가서도 나는 늘 그들을 멀리하려고 애썼습니다. 유리컵과 접시, 포크와 나이프에도 각별히 주의를 기울였습니다. 그들이 앉았던 의자를 기억해두었다가 내가 앉는 일이 없도록 조심할 정도였습니다.

이렇게 되자 어떤 강박관념 같은 것이 생겼습니다. 나는 사람들과 함께 있을 때 오히려 더 큰 외로움을 느꼈습니다. 어쩌다 사람들이 말을 걸어도 나는 그들의 말을 믿지 않았고, 늘 무시하려고 노력했습니다. 그것이 나를 지킬 수 있는 유일한 방법이라고 굳게 믿었습니다.

그 무렵, 우리 고장에 머물던 손님들 중 특별히 눈에 띄는 청년이 한 명 있었습니다. 모두들 그 청년을 나르치스라는 별명으로 불렀습니다. 그는 아직 나이가 어렸지만, 벌써 외교관으로서 외국에 체류한 경험이 있었고, 궁정에서도 좋은 평판을 얻고 있었습니다. 사람들은 모두 그가 곧 좋은 지위를 얻게 될 것이라고 말했습니다.

나르치스는 얼마 후 제 아버지와 상당히 가까운 사이가 되었습니다. 그는 비록 아버지의 아들 뻘이었지만 학식도 상당했고, 훌륭한 매너를 갖춰 저속한 사교클럽이 아닌 명사들의 회합에 자주 초대되곤 했습니다.

아버지는 모임에서 돌아오실 때마다 그를 무척 칭찬하

셨습니다. 하지만 나는 그에 대해 약간의 편견이 있었습니다. 나르치스라는 별명도 마음에 들지 않았고, 아버지 같은 분에게 늘 좋은 말만 듣다 보면 사람이 거만해질 수밖에 없다고 생각했습니다. 물론 나는 그를 만난 적이 있었고, 몇 번 대화하는 것도 엿들은 적이 있었습니다. 그때마다 그가 거드름을 피우는 모습은 단 한 번도 본 적이 없었습니다. 그런데도 나는 그에 대한 약간의 편견을 지울 수 없었습니다.

어느 성대한 무도회 때 우연히 나는 그와 짝이 되어 미뉴에트를 출 기회가 생겼습니다. 그렇다고 그와 쉽게 친숙해진 것은 아닙니다. 아버지가 항상 나의 건강을 걱정하신다는 것을 잘 알고 있었기에 미뉴에트처럼 격렬한 춤은 되도록 피하려고 노력했습니다. 그래서 그날도 미뉴에트가 시작되자마자 그에게 양해를 구하고, 별실로 들어가 카드놀이에 끼었습니다.

얼마 후 홀에서 미뉴에트를 추던 나르치스도 내가 있던 방으로 들어왔습니다. 춤을 추다가 갑자기 코피가 터져 이 방으로 들어온 것이었습니다. 코피가 멎은 뒤 그는 내게 이것저것 묻기 시작했습니다. 나 역시 카드놀이에 별다른 흥미가 없었기 때문에 그와 함께 이런저런 이야기를 나누는 것이 훨씬

재미있었습니다.

화제가 여러 차례 바뀌면서 우리 두 사람은 점점 더 대화에 몰입했습니다. 두 사람 모두 춤이나 카드놀이에는 관심도 없었습니다. 하지만 우리의 대화가 서로에 대한 관심으로 진전되지는 않았습니다. 단지 비슷한 또래에 마땅한 대화 상대가 없던 터에, 쉽게 이야기가 통하는 사람을 만나 반가웠을 뿐입니다.

잠시 휴식시간이 주어졌고, 홀에서 춤을 추던 사람들이 모두 별실로 들어왔습니다. 그들은 서로 정답게 이야기하는 우리들을 보고 짓궂은 말로 놀려댔지만, 우리들은 아랑곳하지 않았습니다. 다음날 밤에도 나와 나르치스는 어제 못다 한 이야기들을 마저 풀어놓았습니다. 그리고 친구로서 서로의 건강을 염려했습니다.

이번 만남을 계기로 우리들은 상당히 가까워졌습니다. 나르치스는 나와 여동생을 만나기 위해 자주 우리 집을 방문했습니다. 그와의 만남이 계속되자 나는 비로소 내가 그를 어떻게 생각하고 있는지, 또 그가 나를 어떻게 생각하고 있을지 궁금해졌습니다. 그리고 내가 그를 은연중에 기다리고 있으며, 설명할 수 없는 특별한 감정이 나의 마음속에 자리잡았음을 깨닫게 되었습니다.

어린 시절부터 사교계에 출입한 나르치스는 역사라든가 정치 등 여러 학문에 상당한 지식을 갖고 있었고, 문학에도 정통했습니다. 특히 프랑스 문학을 무척 좋아했습니다. 그의 서재에는 최근 프랑스에서 출간된 책은 거의 다 갖추어져 있었습니다. 그는 시간이 날 때마다 내게 책을 빌려주었고, 때로는 직접 구입해 선물하곤 했습니다.

하지만 나와 나르치스의 이런 정신적인 교류는 금지된 사랑보다 더욱 조심해야 했습니다. 왜냐하면 아직까지도 여자가 학문을 가까이하는 것이 금지되어 있었고, 교양과 지식을 갖춘 여성이라는 소문이 퍼지면 결혼하는 데 장애가 되는 시절이었기 때문입니다.

나는 가끔 무식한 남자들이 똑똑한 자신의 아내에게 창피당하는 것이 두려워 이런 문화를 만들어낸 것은 아닐까 하는 생각을 했습니다. 다행히 아버지는 천박한 귀족 사회의 습성을 경멸하는 분이었기에 내가 어렸을 때부터 적극적으로 독서를 권하셨습니다. 그런 아버지도 나르치스와 나의 문학

적인 우정에 대해서만큼은 사람들의 이목을 끌지 않도록 조심하라고 여러 번 강조하셨습니다.

우리들은 거의 1년 동안 그런 식으로 우정을 쌓아갔습니다. 그동안 나르치스는 내게 단 한 번도 무례하게 굴거나, 우리들의 관계를 불편하게 만드는 어리석은 행동을 하지 않았습니다. 그는 항상 정중하고 친절했으며, 함부로 애정을 표시하려는 내색은 조금도 보이지 않았습니다. 오히려 뛰어난 미모를 가진 막냇동생에게 끌리는 것 같았습니다. 그는 간혹 제 여동생에게 외국어로 여러 가지 별명을 붙여주곤 했습니다. 그는 외국어 실력이 대단했는데, 독일어를 외국 억양으로 고쳐 말하는 것을 아주 좋아했습니다.

그는 여동생의 관심을 끌어보고자 독일 억양으로 유창한 외국어를 구사했습니다. 그때마다 우리들은 뒤로 넘어갈 정도로 웃었지만, 제 여동생은 이미 다른 청년과 남몰래 사귀고 있었기 때문에 나르치스는 안중에도 없었습니다. 게다가 여동생은 성질이 몹시 급했고, 나르치스도 신경이 예민한 편이어서 두 사람은 사소한 일로 곧잘 말다툼을 벌이곤 했습니

41

다. 얼마 안 가 그는 여동생의 조금은 천박한 성품에 실망했습니다. 다행히 어머니와 숙모가 그를 무척 좋아하셨기에 여동생과 상관없이 자주 우리 집을 방문했습니다.

만약 그 사건만 벌어지지 않았더라면 나르치스와 우리 가족은 지금까지도 절친한 친구로 지냈을 것입니다.

언젠가 나는 여동생과 함께 어느 모임에 초대를 받았습니다. 사실 나는 그 모임에 참석할 마음이 없었습니다. 친분이 있는 사람도 거의 없었고, 천박하다고는 할 수 없지만, 가끔 몰지각한 행동을 하는 사람들이 많았기 때문입니다. 그런데 나르치스도 이 모임에 초대를 받아 함께 참석하자는 부탁을 받곤 어쩔 수 없이 가게 되었습니다.

식사가 시작되기 전부터 걱정하던 일이 벌어졌습니다. 몇몇 사람들은 이미 거나하게 술에 취해 제대로 몸도 가누지 못할 지경이 되었습니다. 간신히 식사를 마친 후 기회를 봐서 일어서려는데 뜻하지 않은 게임이 시작되었고, 우리들도 반 강제적으로 그 게임에 참여해야 했습니다. 게임이 시작되자마자 엄청난 소란이 일었습니다. 가끔 상스러운 욕설도 오갔습니다. 그런데 하필 나르치스가 게임에 져서 벌칙을 받게 되었습니다. 벌칙은 함께 게임하던 사람들에게 귓속말로 그 사람이 가장 좋아할 만한 이야기를 속삭이는 것이었습니다.

　나르치스는 하는 수 없이 탁자를 돌며 사람들에게 귓속말을 소곤거리기 시작했습니다. 그리고 마침내 내 옆에 앉아 있던 어느 대위의 부인에게 귓속말을 할 차례가 되었습니다. 그런데 그 대위의 부인에겐 어쩌다가 너무 오랫동안 소곤거린 모양입니다. 갑자기 어디선가 대위가 뛰쳐나와 나르치스의 뺨을 힘껏 갈겼습니다. 얼마나 힘껏 때렸던지 바로 옆에 앉아 있던 내 눈에 머리에 뿌린 분가루가 날아들었을 정도였습니다.

　깜짝 놀란 내가 나르치스를 돌아보는 순간 두 사람은 이미 칼을 뽑아들고 서로 노려보고 있었습니다. 나르치스는 피를 흘리고 있었습니다. 대위는 취기와 분노로 이미 이성을 잃은 상태여서 사람들이 아무리 말려도 소용이 없었습니다. 그는 닥치는 대로 칼을 휘두르며 나르치스에게 달려들었습니다.

　다급해진 나는 우선 나르치스를 부축해 식당에서 나왔습니다. 그리고 서둘러 다른 방을 찾아 들어갔습니다. 아무래도 안심할 수가 없어 곧 문까지 걸어 잠갔습니다.

나는 처음에는 나르치스의 상처가 별로 심하지 않다고 생각했습니다. 그저 손을 약간 벤 것뿐이라고 짐작했습니다. 그런데 자세히 살펴보니 등에 핏줄기가 흘러내리고 있는 것이었습니다. 서둘러 핏자국을 따라가 보니 머리에 큰 상처가 나 있었습니다. 나는 순간 온몸이 얼어붙는 것만 같았습니다. 의사를 부르려고 복도로 뛰어나갔습니다. 하지만 그곳엔 이미 아무도 없었습니다. 대위를 진정시키려고 사람들이 모두 식당으로 내려간 것 같았습니다.

마침 그때 주인집 딸이 올라왔습니다. 그녀는 남자들의 칼부림을 무슨 희극 정도로 생각했는지 마냥 웃기만 했습니다. 그녀의 이런 철없는 모습을 보자 오히려 점점 더 불안해졌습니다. 의사를 불러달라고 몇 번씩 재촉한 후에야 그녀는 사태가 얼마나 심각한지를 깨닫고 직접 의사를 부르러 내려갔습니다.

나는 나르치스의 곁으로 되돌아왔습니다. 우선 내 손수건으로 그의 손을 싸매주었고, 벽에 걸려 있던 수건을 풀어 머리에 난 상처를 동여맸지만, 출혈은 점점 더 심해졌습니다. 창

Goethe, Johann Wolfgang von

백해진 얼굴을 보니 곧 기절할 것만 같았습니다. 나는 그를 데리고 복도로 나가야겠다고 생각했습니다. 의사가 오려면 아직 멀었고, 나는 이런 일에 대처하기엔 아무런 경험이 없었습니다.

나는 그의 상처를 자극하지 않도록 조심스럽게 부축하고, 쉴새없이 격려의 말을 귓가에 대고 속삭였습니다. 다행히 나의 노력이 헛되지 않아 나르치스는 마치 죽은 사람처럼 축 늘어져버리기는 했지만, 정신은 잃지 않았습니다.

복도로 나가자마자 그 집 안주인과 마주쳤습니다. 그녀는 나르치스의 모습을 보고 충격을 받은 것 같았습니다. 그녀는 나르치스가 대위를 피해 방을 나갔을 뿐, 이렇게 심한 상처를 입었을 것이라고는 생각지 못했다고 말했습니다.

그녀는 서둘러 포도주와 구급약을 가져왔고, 잠시 후 의사가 도착했습니다. 나는 의사에게 그를 맡기고 일어서려 했습니다. 하지만 나르치스는 그때까지도 내 손을 꼭 잡고 놓지 않았습니다. 의사가 붕대를 감는 동안 나는 포도주로 그의 입술을 적셔주었습니다. 다른 사람들의 시선은 조금도 신경 쓰지 않았습니다. 의사의 치료가 끝나자 사람들은 나르치스를

45

안고 그의 집으로 돌아갔습니다.

　　잠시 한숨을 돌린 후 그 집 안주인이 나를 자신의 침실로
데리고 갔습니다. 그곳에서 피 묻은 옷을 벗고, 몸에 묻은 피
도 닦아냈습니다. 우연히 거울에 비친 나의 나신裸身을 보면
서, 나는 내 몸이 그토록 아름다운 줄은 처음 깨달았습니다.
부인은 내게 마음에 드는 옷을 입고 가라며 옷장 문을 가리켰
습니다. 하지만 그 집 사람들은 하나같이 나보다 키가 작거나
너무 커서 입을 만한 옷이 없었습니다. 그나마 제일 괜찮은 옷
을 입었지만, 마치 서커스의 어릿광대 같은 모습이었습니다.
부모님도 나의 옷차림을 보고 적잖이 놀라신 것 같았습니다.

　　부모님은 나르치스의 소식을 듣고 무척 분개하셨습니다.
특히 아버지는 나르치스를 공격한 대위의 몰상식한 행동을
그냥 넘어가진 않을 것처럼 보였습니다.

　　아버지는 당장 그 대위에게 결투를 신청해서 친구의 원
수를 갚아야겠다고 말씀하셨습니다. 그리고 오늘 모임에 참
석했던 남자들이 대위의 비겁한 행동을 그 자리에서 응징하
지 않은 것은 아주 비열한 짓이라고 격노하셨습니다. 아버지
는 아마도 대위가 나르치스의 뺨을 한 대 친 후 곧바로 칼을

뽑아 그의 등을 내리쳤을 것이라고 말씀하셨습니다. 손에 입은 부상은 나르치스가 경황 중에 자신의 칼을 황급히 뽑다가 다쳤을 것이라고 짐작하셨습니다.

아버지의 말씀을 듣고 보니 처음 나르치스의 상처를 보았을 때보다 온몸이 더 떨려왔습니다. 이것이 어떤 감정인지 나 자신도 확실히 알 수가 없었습니다. 다만 한 가지 확실한 것은 마음속 깊은 곳에 잠겨 있던 사랑의 감정이 바람을 타고 번지는 불꽃처럼 나의 온 정신을 휘감았다는 것뿐입니다. 나는 갑자기 정신이 아뜩해지는 것을 느꼈습니다. 나도 모르게 휘청거리자 부모님은 서둘러 약을 먹이고, 침대에 눕히셨습니다.

다음날 새벽 무렵, 아버지는 부상당한 나르치스의 집을 방문하셨는데, 나르치스는 열이 심해 중태에 빠져 있다고 알려주셨습니다.

아버지는 나르치스와 어떤 이야기를 나눴는지 끝내 내겐 가르쳐주지 않았습니다. 그리고 더 이상 이 일에 신경 쓰지 말라고 당부하셨습니다. 아버지는 대위의 사과로 일을 마무리할 것인지, 아니면 정식으로 고소할 것인지에 대해 나르치스와

의논해봐야겠다고 말씀하셨습니다. 나는 아버지의 성격을 잘 알고 있었기 때문에 당장 대위에게 결투라도 신청할까봐 마음을 졸였습니다. 하지만 이런 일에 여자가 참견해선 안 된다는 아버지의 말씀을 어길 수 없어 더 이상 아무 말도 하지 않았습니다. 나는 나르치스가 아버지께 나에 관한 이야기를 건넸는지 궁금했지만, 별다른 말씀이 없어서 묻지 않았습니다.

며칠 후 어머니는 아버지께 들은 말씀을 내게 전해주었습니다. 그날 나르치스는 문병 온 아버지를 부둥켜안고 나의 도움이 없었다면 이미 죽었을지도 모른다며 평생 이 은혜를 잊지 않겠다고 말했다고 합니다. 그리고 내가 곁에 없다면 어떤 행복도 필요 없다며, 이제는 친구가 아니라 장인으로 부를 수 있도록 허락해달라고 간절히 부탁했다는 것이었습니다.

아버지는 이 이야기를 오직 어머니께만 알려주셨습니다. 그리고 어머니는 이 중요한 이야기를 딸에게 더 이상 감출 수 없어 내게 숨김없이 털어놓으신 겁니다. 어머니는 오히려 당사자인 나보다 더 흥분하신 것 같았습니다. 그러면서도 아직 나르치스의 건강이 좋지 않으니 이 일은 그가 완전히 회복된 다음에 다시 이야기해야 한다고 충고하셨습니다.

Goethe, Johann Wolfgang von

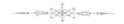

"당연하죠."

나는 애써 담담하게 대답했지만, 마음속은 부풀어 오르는 풍선마냥 한없이 설레는 것이었습니다.

나르치스는 그 후로 무려 두 달 동안 침대에 누워 있었습니다. 아쉽게도 오른손을 다쳐 편지를 쓰지는 못했지만, 대신 내가 그를 방문했을 때 전에는 볼 수 없었던 아주 다정한 인사로 내게 고마운 마음을 전했습니다. 어머니에게 들은 말이 있어 나는 나르치스의 이 같은 행동을 단순한 호의로 받아들일 수만은 없었습니다. 날마다 나르치스와 나의 관계가 앞으로 어떻게 진전될지 온갖 상상을 다 해보았습니다.

이 사건은 순식간에 사람들의 입을 타고 갖가지 소문으로 퍼져나갔습니다. 소문에 의하면 나 역시 그 사건의 당사자 중 한 사람으로 지목되고 있었습니다. 내가 아무리 부인해도 사람들은 이 사건과 내가 상당한 관련이 있는 듯한 어투로 말하곤 했습니다.

나는 그저 사람들의 일시적인 오해이거나, 남의 말을 하고 싶어 못 배기는 시장 상인들이 꾸며낸 헛소리에 지나지 않는다고 생각했지만, 나도 모르게 나르치스를 생각할 때마다 전과는 확연히 다른 불안한 감정이 생기는 것이었습니다. 무엇보다도 남들이 내 마음속 불안을 알게 될까봐 두려웠습니다. 나의 이성은 계속 부인했지만, 나르치스는 더 이상 내 마음속에서 친구가 아니었습니다.

그가 떠날지 모른다는 생각만으로도 정신을 잃을 것 같았습니다. 또 한편에서는 그와 연인이 될지도 모른다는 생각에 두려웠습니다. 내가 나르치스의 아내가 될지도 모른다는 상상은 설레면서도, 너무나 두려운 일이었습니다. 나는 나르치스만큼 뛰어난 편도 아니고, 세상물정도 잘 모릅니다. 그가 나의 진짜 모습을 보고 실망한다면, 그리고 상심한 나머지 내 곁을 떠난다면, 나는 차라리 죽는 게 더 낫다고 생각했습니다.

이런 말도 안 되는 혼자만의 공상 끝에 나는 다시 한 번 내 자신을 돌아보게 되었습니다. 지금까지 밤낮 어울렸던 나태한 생활들이 부끄러워졌습니다. 나의 영혼이 다시 눈을 뜨기 시작한 것입니다. 하지만 하느님과의 관계는 쉽게 회복되지 않았습니다. 나는 여전히 내 힘만으로도 충분하다고 생각했습니다. 비록 예전보다 하느님을 더 생각하고 의지했지만,

아직도 부족한 점이 많았습니다.

어느 날 대위가 결투 끝에 중상을 입었다는 소문을 들었습니다. 하지만 상대가 누구였는지는 자세히 알 수 없었습니다. 다행히 대부분의 사람들은 나르치스를 측은히 여겼습니다. 완전히 건강을 회복한 나르치스는 다시 사교모임에 참석하기 시작했습니다.

일어나도 좋다는 의사의 말을 듣고, 그는 제일 먼저 나를 찾아왔습니다. 여전히 머리와 손에는 붕대가 감겨져 있었습니다. 문을 열고 들어오는 나르치스를 보았을 때 나는 하마터면 소리를 지르며 그의 품에 안길 뻔했습니다. 가족들이 모두 거실에 나와 있었기 때문에 우리들은 그저 안부나 물어볼 수밖에 없었지만, 틈틈이 애정어린 눈짓을 주고받았습니다. 그것만으로도 나는 충분했습니다.

완전히 회복된 나르치스는 전과 마찬가지로 겨우내 우리 집을 방문했습니다. 우리 두 사람은 가족들의 눈을 피해 서로의 애정을 확인했습니다.

나에 대한 나르치스의 애정을 확인하는 것만으로도 행복했습니다. 하지만 어느 때부터인가 뭔가 부족하다는 생각이

들었습니다. 늘 다정한 그의 모습도 조금은 식상해졌습니다. 우리 두 사람은 아직 공개적인 연인이 아니었습니다. 나는 나르치스가 내 곁에 있어도 곧잘 외로워지곤 했습니다. 하지만 이런 내 마음을 누구에게도 터놓고 이야기할 수 없었습니다.

　　나는 잊고 있었던 하느님을 떠올렸지만, 보이지 않는 그분과의 관계는 돌이킬 수 없을 만큼 멀어져 있었습니다. 지난 4년간 나는 하느님을 거의 잊고 살았습니다. 가끔은 우주를 창조했다는 그분을 떠올리기도 했지만, 그것은 잠시뿐이었습니다. 그저 일주일에 단 한 번 교회에 갈 때만이 그분의 은혜를 기억했습니다. 솔직히 말하자면, 교회에 가는 것도 하느님을 만나기 위해서가 아니라 유행하는 옷가지와 나의 순결을 사람들에게 자랑하고 싶어 나가는 것에 불과했습니다. 만약 교회에 그렇게 많은 사람들이 오지 않았다면, 나는 주일날 오전에 차를 마시며 카드놀이나 즐겼을지도 모릅니다. 과연 이런 나를 보고 하느님은 어떤 생각을 하셨을까요? 문득 나의 기분 따윈 생각지도 않고 자신의 이야기에만 도취되어 있는 나르치스의 모습을 보면서 그런 생각이 들었습니다.

　　만약 신하가 자신의 목숨을 쥐고 있는 왕을 거들떠보지

도 않는다면 왕은 어떻게 행동할까요? 그 왕은 신하를 호되게 나무라며 자신의 궁전에서 내쫓을지도 모릅니다. 하지만 나는 별로 두렵지 않았습니다. 나는 건강했고, 왕의 궁전은 아니더라도 사랑하는 가족과 함께 머물 보금자리가 있습니다. 그리고 왕보다 훨씬 사랑스러운 연인이 곁에 있었습니다. 하느님이 어떤 결정을 내리든 그것은 내가 상관할 바가 아니라고 생각했습니다. 그저 하루의 시간을 창조하신 주님을 생각하며, 이 한날에 만족하면 그것으로 나의 할 일은 다한 것이라고 여겼습니다.

드디어 삭막한 겨울이 가고 봄이 찾아왔습니다. 어느 날 혼자 집을 지키고 있을 때 예고도 없이 나르치스가 방문했습니다. 그는 나에게 사랑을 고백하며, 자신이 상당한 지위를 얻게 되면 그때 반드시 결혼해달라고 청혼했습니다.

나르치스는 모든 사람들로부터 평판이 좋았습니다. 하지만 사람들은 그의 야심을 두려워한 나머지 승진의 기회를 주지 않았습니다. 게다가 그가 부자라는 이유로 봉급도 많이 주지 않았습니다.

나는 이미 나르치스에게 완전히 기울었지만, 그가 호락호락한 남자가 아님을 잘 알고 있었습니다. 그래서 우선 흥분된 마음을 가다듬고, 모든 것을 아버지의 뜻에 맡기겠다고 대답했습니다. 그는 아버지의 승낙은 걱정하지 말라며, 이 자리에서 자신의 마음을 받아달라고 부탁했습니다. 나는 하는 수 없이 부모님의 승낙을 전제로 고개를 끄덕였습니다.

　　며칠 후, 나르치스는 정식으로 부모님께 청혼했습니다. 부모님은 물론 크게 기뻐하셨습니다. 무엇보다도 그의 유망한 장래에 내가 동참할 수 있음을 기쁘게 여겼습니다. 여동생들과 숙모에게도 이 사실을 알렸지만, 무슨 이유에선지 당분간 비밀로 붙여두자고 부탁하셨습니다.

　　나르치스는 이제 나의 약혼자가 되었습니다. 애인과 약혼자는 상당한 차이가 있었습니다. 만약 모든 애인들을 약혼자로 만들 수만 있다면, 아름다운 아가씨들은 더 이상 철없는 애인 때문에 눈물을 흘리지 않아도 될 것입니다. 비록 두 사람이 결혼에 성공하지는 못하더라도 이별은 더 이상 고통스럽지 않을 것입니다. 하찮은 사건으로 다투는 일도 없을 것이며, 변심한 애인의 마음을 돌리고자 쓸데없이 고생하지 않아도 됩니다. 아침마다 몇 시간씩 머리며 화장을 고치던 습관도 사라지고, 대신 약혼자가 올 때까지 자수나 독서를 할 수도 있습니다. 애인은 여자의 얼굴만 보지만, 약혼자는 미래에 아내가 될 사람의 마음을 보기 때문입니다. 어떤 남편도 아내가 예쁜 인형처럼 사람들의 구경거리가 되길 바라지는 않습니다.

다행히 어느 아가씨의 약혼자가 학식과 지성을 갖춘 젊은 청년이라면, 그 축복받은 아가씨는 대학에서 교육받는 것 이상으로 자신의 약혼자로부터 많은 지식을 배우게 됩니다. 그녀의 약혼자 또한 하루 종일 옷매무새나 만지작거리고, 머리 모양을 바꾸는 철없는 약혼녀보다 어느 자리에서나 교양을 의심받지 않는 아내를 더 원할 것입니다.

약혼은 서로의 겉모습만 보고 달려들던 불같은 정열 대신 미래를 함께 준비하는 이성적이고 완벽한 사랑을 키웁니다. 이 사랑 속에서 여성은 순종을 배우고, 남자는 의무와 성실을 익힙니다. 약혼자는 결코 남편처럼 요구하거나 명령하지 않습니다. 그렇다고 애인처럼 매달리고, 응석을 부리고, 질투하지도 않습니다. 약혼자는 사랑하는 여자를 존중해주려고 애씁니다. 그것이 한 여인을 사랑할 때 필요한 가장 기본적인 예의라는 점을 알기 때문입니다.

　나는 나르치스와의 사랑을 통해 인생에서 가장 아름다운 것들을 체험했습니다. 나는 행복했습니다. 비록 짧은 기간이었지만, 이 세상에서 더 이상 찾을 수 없는 최고의 행복을 만끽했습니다.

　이와 같은 조용한 기쁨 속에 벌써 여름이 지나갔습니다. 나르치스는 단 한 번도 나를 실망시키지 않았습니다. 나는 진심으로 나르치스를 사랑했고, 내 온몸과 영혼을 통해 그를 사랑하려고 노력했습니다. 나르치스도 이 점을 잘 알고 있기에 나를 무척 아껴주었습니다.

　그런데 아주 사소한 일로 우리들의 사랑은 상처를 입고 말았습니다.

　나르치스는 나와 약혼한 뒤에 육체적인 결합을 강요하지는 않았습니다. 우리가 약혼한 사이이기는 했지만, 어쨌든 부부로 인정받은 것은 아니었기에 나는 당연하다고 생각했습니다. 하지만 순결이라든지, 사랑하는 사람들 간에 지켜야 할 의무에 대한 의견은 나와 상당한 차이가 났습니다.

　나는 모두가 인정하는 예의에서 벗어나고 싶은 마음이

없었습니다. 그리고 아무리 세상이 바뀌어도 지켜야 할 덕목들은 결코 변하지 않는다고 생각했습니다. 나의 삶은 나뿐 아니라 가족과도 연결되어 있으므로 인생의 자유란 가족과 친지가 함께 누릴 수 있는 것이어야만 된다고 확신했습니다. 반대로 나르치스는 한창 유행하는 자유사상을 흉내내며 내가 필요 이상으로 엄격하다고 은근히 비꼬았습니다. 어쩌다 이런 이야기가 나오면 우리 둘은 서로의 진심을 알면서도 끝내 양보하지 않고 사소한 말다툼으로 번졌습니다. 나르치스는 겉으론 나의 태도를 훌륭하다며 칭찬했습니다. 그러면서도 기회가 될 때마다 나의 결심을 꺾으려고 애쓰곤 했습니다.

어느 날 나르치스와 이 문제로 말다툼을 한 후 지난날 프랑스어 선생님과 곧잘 논쟁하던 광경이 떠올랐습니다. 그리고 내가 신앙으로써 인간이 지켜야 할 의무와 도덕을 간직할 수 있다고 이야기했던 것도 기억했습니다.

나는 어린 시절을 추억하며 하느님께 기도했습니다. 이렇게 훌륭한 약혼자를 내게 허락하신 것에 대해 감사했습니다. 사실 그 무렵 나는 항상 외로웠습니다. 사랑하는 나르치스와 부모님과 동생들이 언제나 곁에 있었지만, 나의 진실한 속내는 누구에게도 털어놓을 수가 없었습니다. 바로 그때 어쩌면 하느님이야말로 말없이 그저 내 곁에서 나를 지켜보고 계시진 않았을까 하는 생각이 들었습니다. 그리고 아주 자연스럽게 하느님을 찾게 되었습니다. 누구에게도 털어놓지 못한 불안과 근심을 하느님께 고백했습니다. 혹시나 정욕에 사로잡혀 죄를 짓는 일이 없도록 항상 기도했습니다. 하지만 실제로는 내가 누구보다 그런 감정에 끌리고 있다는 것은 깨닫지 못했습니다.

어렸을 때 병을 앓은 이후 나는 내 자신이 누구보다 강하다고 여겼습니다. 그래서 '유혹으로부터 지켜주소서.' 라고는 끝내 기도하지 않았습니다. 영혼이 아닌 육신의 순결을 내세워 뻔뻔스럽게도 하느님을 찾았던 것입니다. 다행히 하느님은 이런 나를 받아주셨습니다. 기도를 하거나, 혹은 성서를 볼 때마다 그동안 깨닫지 못했던 기쁨을 얻었습니다. 나는 처음으로 나의 영혼을 인식했습니다. 삶이 육신의 껍데기로 이루어진 시간이 아니라 영원을 갈구하는 영혼의 기나긴 순례일지도 모른다는 생각을 처음으로 해보았습니다. 이런 생각을 하다 보면 조급한 마음도 사라지고, 헛된 정욕도 차분히 가라

앉는 것이었습니다. 그리고 좀더 냉정하고 온전한 시선으로
삶을 바라보게 되었습니다.

만에 하나 나르치스가 사라진다면 이 세상은 내게 아무
런 필요가 없었습니다. 오직 나르치스만이 내 삶의 유일한 위
안이며 기쁨이었습니다. 아침마다 화장을 하는 것도, 늘 유행
하는 옷을 사는 것도 오직 나르치스를 위해서였습니다. 나는
춤을 무척 좋아했지만, 나르치스와 출 수 없다면 차라리 움직
이지 않는 것이 낫다고 여겼습니다.

나는 사랑으로 모든 것을 얻었다고 생각했지만, 이것은
어디까지나 착각이었습니다. 나르치스를 사랑하면서부터 그
가 아닌 다른 사람들은 그저 귀찮은 존재에 지나지 않았습니
다. 시간은 나르치스를 사랑하기에도 모자랐습니다. 나르치스
를 생각하며 전에는 만나지도 않던 부인들과 카드놀이를 즐
기다 보면 하루가 저물었습니다. 나는 마치 영혼이 빠져나간
껍데기와 같았습니다.

내가 선택한 사람은 오직 당신 한 사람
내가 태어난 것은 오직 당신을 위해서

내가 원하는 것은 오직 당신의 사랑뿐!

　여전히 많은 사람들과 어울려 지냈지만, 이 고독만큼은 쉽게 사라지지 않았습니다. 오히려 혼자 내 방에 웅크리고 있을 때 외로움이 사라지는 것이었습니다. 이때부터 나는 혼자 있는 시간을 사랑하게 되었습니다. 내 곁엔 진실한 나 자신이 있었고, 늘 나를 지켜보시는 하느님이 있었습니다. 물론 나르치스를 사랑하는 마음에는 변함이 없었습니다. 나르치스야말로 하느님이 주신 가장 큰 선물이며, 세계였습니다. 하느님께 다가갈수록, 나 자신에 대해 더 많은 것을 깨닫게 될수록, 나는 나르치스에 대해 어떤 의무감을 갖게 되었습니다. 그리고 이 의무가 진실한 사랑의 열매가 되기를 간절히 기도했습니다.

　나르치스는 나의 이 같은 변화를 전혀 눈치채지 못했습니다. 내가 그를 만나 내면적으로 얼마나 성숙했는지 조금도 깨닫지 못한 것 같았습니다. 얼마 후 그가 내게 어떤 책을 선물했을 때, 비로소 나르치스와 나는 서로 다른 세계를 사모하고 있다는 사실을 알게 되었습니다. 그 무렵 나르치스는 무신론의 열풍에 휩싸여 있었습니다. 그는 내가 하느님을 만나 새롭게 변화되었다는 사실을 모르고, 무신론에 관한 책들을 자주 선물하곤 했습니다. 비록 내키지는 않았지만, 그의 성의를 무시할 수가 없어 몇 권 읽어보았습니다. 하지만 내가 이해할 수 있는 구절은 단 한 곳도 없었습니다.

학문이나 지식에 대해서도 나르치스와 나는 서서히 대립하기 시작했습니다. 나르치스는 다른 남자들과 마찬가지로 교양 있는 여성을 무척 비하했습니다. 그러면서도 약혼녀인 나만은 남자들 못지않은 교양을 갖추길 바랐습니다. 우리는 법률을 제외한 많은 학문들에 관해 이야기를 주고받았습니다. 이런 시간들이 내게 얼마나 유용했는지 모릅니다. 다만 내게 무신론을 강요하는 듯한 설교를 되풀이할 때는 솔직히 나는 상당히 불쾌했습니다.

그는 기분이 좋을 때면 비웃는 투로 여자라는 동물은 칼뱅교도가 가톨릭 국가인 로마에서 행동하듯 늘 그 지식을 감추지 않으면 안 된다는 엉뚱한 소리를 하곤 했습니다. 나는 그때까지 단 한 번도 공식적인 모임이나 만찬에서 나의 지식을 자랑한 적은 없었습니다. 내가 무슨 책을 읽는지, 어떤 생각을 하는지 부모님이나 여동생도 잘 알지 못했습니다. 그런데 나에 관한 소문 중에는 항상 남자들처럼 정치와 학문에 관심이 많다는 내용이 많았습니다. 그리고 나중에야 이런 소문 중 대부분은 놀랍게도 나르치스가 퍼뜨렸다는 사실을 알게 되었습니다.

몇 달 후 궁정에서 상당한 영향력을 지닌 어느 귀족이 우리 고장을 방문하게 되었습니다. 그분은 곧 우리 지방 사교계에서 가장 인기 있는 인사로 대접받았습니다. 그분은 특별히 나르치스에게 관심이 많아 항상 데리고 다녔습니다. 두 사람은 곧잘 여자의 순결에 대해 토론했다고 합니다.

나르치스는 어느 날 내게 그 내용을 자세히 들려주었습니다. 나 또한 내 의견을 서슴지 않고 말했습니다. 그러자 나르치스는 그것을 프랑스어로 적어달라고 부탁했습니다. 어린 시절부터 프랑스어를 열심히 공부했던 나는 프랑스어에는 자신이 있었습니다. 그래서 나르치스와의 편지도 프랑스어로 주고받을 정도였습니다. 당시 상류사회의 교양 있는 사람들은 대부분 프랑스어를 즐겨 사용했습니다.

나의 견해가 백작의 마음을 흡족하게 한 것 같았습니다.

Goethe, Johann Wolfgang von

그래서 나는 최근에 쓴 시 두서너 편을 보여드렸습니다. 아마도 나르치스가 자신의 애인은 시도 쓸 줄 안다며 몹시 자랑한 모양입니다.

백작은 그 보답으로 떠날 때 훌륭한 서한체의 시 한 편을 나르치스에게 선물했고, 그는 그것을 두고두고 자랑했습니다. 그 시에는 백작과 나르치스가 다정하게 대화를 주고받은 추억이 담겨 있었습니다. 그리고 시의 말미에 나와 나르치스의 행복한 결혼생활을 미리 축복하고 싶다는 백작의 헌사가 쓰여 있었습니다.

그는 이 시를 제일 먼저 내게 보여주었습니다. 그리고 다른 여러 사람들에게도 자랑삼아 보여주었습니다. 그 때문에 우리들의 사이가 자연스럽게 공개되었습니다.

다른 지역의 백작 한 분이 가족들과 함께 우리 고장을 찾아왔습니다. 이곳의 한 유명한 의사에게 치료를 받기 위해서였습니다. 그 집에서 나르치스는 마치 아들과 같은 대접을 받았습니다. 나도 나르치스를 따라 자주 백작을 방문했습니다. 이곳의 다른 귀족들과 달리 백작과 그 가족들은 상당한 학식과 교양을 갖추고 있었습니다. 나는 마치 고향에 돌아온 것처럼 그분들과의 시간을 즐겼습니다. 게다가 그분들은 우리 두 사람이 약혼했다는 사실을 알고는 그에 맞는 대접을 해주었습니다. 내가 그분들을 특별히 이야기하는 까닭은 당시의 경험이 내게 상당한 영향을 미쳤기 때문입니다.

나와 나르치스가 약혼한 지도 어느덧 1년이 지났습니다. 겨울이 가고, 또다시 봄이 왔습니다. 그리고 몇 달 뒤 여름이 되었습니다.

궁정의 몇몇 고위 인사가 뜻하지 않게 세상을 떠났기 때문에 나르치스는 자신도 곧 관직을 얻게 되리라 기대했습니다. 드디어 나와 나르치스의 운명을 결정할 순간이 다가온 것입니다. 나르치스와 그의 친구들은 좋은 관직을 얻기 위해 백방으로 노력했습니다. 거만하다는 세간의 인식을 씻고자 나르치스는 항상 고개를 숙이고 다닐 정도였습니다.

나 역시 나르치스를 위해 하느님께 매달렸습니다. 밤마다 그의 미래를 위해 하느님께 기도했습니다. 나를 기억하신다면, 부디 나르치스와 함께 할 수 있도록 은총을 베풀어달라고 얼마나 진심으로 기도했는지 모릅니다.

하지만 모두의 수고가 물거품이 되어버렸습니다. 나르

64 —
Goethe, Johann Wolfgang von

치스가 그토록 간절히 원했던 관직은 생각지도 못한 경쟁자에게 돌아가고 말았습니다. 그 소식을 듣고 나는 깜짝 놀라 내 방으로 뛰어들어가서 문을 꼭 잠가버렸습니다. 슬픔이 녹아 눈물이 되었습니다. 하루 종일 미래에 대한 불안으로 갈피를 잡을 수가 없었습니다.

한참을 울고 난 후 '이렇게 된 것은 결코 우연이 아닐 거야'라는 생각이 들었습니다. 어쩌면 이것은 불행이 아니라 내 삶을 위한 축복의 시작일 수도 있으므로 나는 이 운명이 어떤 결과를 낳든지 받아들여야만 한다고 결심했습니다. 그러자 더할 수 없이 정신이 편안해지면서 모든 걱정이 사라지는 것이었습니다. 만약 구원이 있다면 이런 느낌일 것이라는 기분이 들 정도였습니다. 나는 명랑한 얼굴로 저녁 식탁에 앉았습니다. 오히려 식구들이 더 당황해했습니다.

나르치스의 낙담은 이루 말할 수 없을 정도였습니다. 나는 날마다 그를 찾아가 위로해주었습니다. 게다가 나르치스의 본가本家에서도 문제가 생겨 그는 몹시 상심에 젖어 있었습니다. 하지만 우리 둘은 서로를 믿고 있었기에 미래가 불확실해도 걱정하진 않았습니다.

나르치스는 서둘러 다른 근무지를 찾았지만, 이 또한 생각처럼 되지 않았습니다. 나는 비로소 사태가 심상치 않다는 것을 깨달았습니다. 나는 나르치스를 위해, 그리고 그와 함께 할 나의 미래를 위해 마지막으로 모든 것을 바쳐 하느님께 간구했습니다.

그 당시 나는 이미 하느님에 대한 확고한 믿음이 있었습니다. 그분이 나를 결코 실망시키지 않으리라는 것도 잘 알고 있었습니다. 지금까지 그분은 내가 어떤 고통과 절망에 빠져도 항상 손을 내밀어주었습니다. 그 손길을 내가 뿌리치더라도 그분은 결코 은혜를 거두지 않았습니다.

나는 마음을 차분히 가라앉히고 주님께 나아갔습니다. 상심한 애인의 고통을 위로해달라고 기도했습니다. 절망의 시간 속에서 내게 빛을 보여주셨듯이, 사랑하는 두 남녀에게 다시 한 번 은총을 허락해달라고 간구했습니다. 하지만 이번에는 뭔가 달랐습니다. 입으로는 나르치스를 위해 기도했지만, 내 마음은 이 모든 것을 부정하는 것 같았습니다. 마치 구름이 햇빛을 가린 듯 답답하기만 했습니다.

"대체 어찌 된 일일까?"

Goethe, Johann Wolfgang von

나는 스스로에게 물어보았습니다. 대체 무엇이 나를 이토록 답답하게 하는 것인지 궁금했습니다.

갑자기 '한 번뿐인 이 인생을 가로막는 장애물이 대체 무엇이란 말인가?' 하는 의문이 가슴속에서 일었습니다. 마치 광막한 황야에 홀로 서 있는 것 같은 기분이 들었습니다. 그리고 이런 감정이 지난 2년 동안 알게 모르게 나를 따라다녔다는 것도 확인했습니다. 얼마 후 나는 나의 진심이 무엇인지 알게 되었습니다. 다만 그것을 인정하게 된다면 그 결과가 너무나 두려워 갖가지 구실을 찾아 시간을 끈 것에 불과했다는 사실을 인정할 수밖에 없었습니다.

모든 일상이 다 하찮게 여겨졌습니다. 무엇보다도 내 영혼을 방해하던 어리석은 장애물이 바로 나 자신이었다는 사실에 적잖은 충격을 받았습니다. 대체 왜, 무엇 때문에 항상 외롭고 쓸쓸했는지도 알 수 있었습니다. 나의 영혼은 겉으로만 그럴싸한 일상적인 생활에 지쳤던 것입니다. 하지만 이제 와서 시간을 돌이킬 수도 없는 노릇이었습니다.

차라리 다른 사람들처럼 아무 생각 없이 오늘 하루를 되는대로 살고 싶다는 충동이 일었습니다. 물론 내가 그런 방법을 선택할 것이라고는 믿지 않았습니다. 어떻게든 이 권태로운 생활에서 벗어나고 싶었습니다. 당분간 사교계에서 벗어날 생각도 해봤습니다. 하지만 나르치스와 관계가 지속되는 한, 어떤 것도 내 뜻대로 할 수 있는 것이 없었습니다. 내 인생에 얽혀 있는 갖가지 인연들이 이토록 나를 힘들게 할 줄은 몰랐습니다.

나는 방에 틀어박혀 천천히 지나간 시간들과 앞으로 닥칠 미래를 가늠해보았습니다. 숙명의 물결은 결코 나를 비켜가지 않을 것 같았습니다. 나는 눈물을 흘리며 잠자리에 누웠고, 잠들지 못하는 한숨으로 밤을 새웠고, 밤새도록 흘린 눈물에 젖은 촉촉한 베개의 촉감에 놀라 눈을 떴습니다.

나는 구원의 손길이 필요했습니다. 지나간 세월들이 마치 어릿광대의 어설픈 몸짓처럼 느껴졌습니다. 더 이상 예전과 같은 생각으로 살고 싶지 않았습니다. 나는 진정으로 하느님의 이름을 불렀습니다. 아주 작은 목소리였지만, 내 생애 처음으로 온 영혼을 기울여 하느님을 찾은 것입니다. 육신의 삶을 위해서가 아닌, 영혼의 숙명을 좇아 하느님을 찾았습니다.

쉬운 것부터 시작해서 조금씩 내 영혼이 원하는 길로 삶을 바꿔야겠다고 생각했습니다. 먼저 춤과 카드놀이에서 멀어져야겠다고 마음먹었습니다. 물론 이런 오락들이 나쁘다는 것은 아닙니다. 다만 여러 사람과 어울려 춤을 추거나, 카드놀이를 할 때마다 늘 약간 서글픈 감정이 들곤 했습니다. 무의미하게 원을 돌며 몇 시간씩 춤을 추고 나면 버려진 시간들이 떠올라 가슴 한구석이 언짢아졌습니다.

하지만 갑자기 사교모임에 참석하지 않겠다고 말해버리면 나르치스는 크게 실망할 것입니다. 왜냐하면 나르치스는 항상 사람들의 이목을 아주 두려워했고, 특히 우리들이 세상 사람들에게 너무 고지식한 사람들로 비춰질까봐 무척 조심하고 있었기 때문입니다. 나는 단지 나르치스를 위해 원치 않는 모임과 사람들에 휩싸여 살 수밖에 없다는 생각이 들자 한없이 쓸쓸한 기분이 들었습니다.

나는 이 마음의 고통을 이겨내고자 늘 성서를 가까이 두고 시간이 날 때마다 읽었습니다. 이 방법 외엔 아무런 길이 보이지 않았습니다. 하지만 아무리 노력해도 내면의 갈등은 쉽게 정리되지 않을 것 같았습니다.

이쯤에서 그 당시 내가 어떤 생각을 했었는지 짧게나마

기록해둘까 합니다.

　　나는 그때 겨우 스물두 살이었습니다. 내 또래의 다른 아가씨들은 밤이 되면 불나방처럼 사교모임을 찾아다녔고, 늘 주변 청년들에게 관심을 보이는 것이 유일한 목적인 것처럼 생활했습니다. 하지만 나는 이런 삶에 도저히 만족할 수가 없었습니다. 그것은 아마도 내가 같은 또래의 천진하고 순수한 아가씨들은 감히 상상조차 할 수 없을 만큼 영악했기 때문일 것입니다. 나는 몇백 년 동안 그래왔던 것처럼 남자를 만나고, 아이를 낳고, 정숙한 부인으로 기억되며 관 속에 들어가는 여성의 삶을 되풀이하고 싶지 않았습니다.

　　나는 영혼을 가진 조물주의 창조물입니다. 육신의 환락이 인생의 전부인양 인생을 허비하고 싶지 않았습니다. 나는 이미 무도회나 카드놀이보다 훨씬 중요한 삶의 목적이 있다는 것을 어렴풋이 깨닫고 있었습니다. 결혼보다 더 큰 가치가 인생에 감춰져 있다는 것을 확신하고 있었습니다.

　　그래도 한창 젊은 나이에 이 모든 것을 당장 끊어버릴 수는 없는 노릇이었습니다. 내겐 친구가 필요했고, 가끔은 기분전환도 중요했습니다. 만약 지금 같으면 언제든지 냉담해질 수 있는 사소한 것들에 나는 집착했고, 의미를 부여했으며, 그 때문에 오랜 시간 방황해야 했습니다. 그나마 다행인 것은 당시 내가 타협을 선택하지 않았다는 점입니다. 안락하고 단조로운 일상을 택하든지, 아니면 험난하지만 행복한 내면의 길을 택하는 것뿐이었습니다.

그리고 나는 과감히 한 길을 선택했습니다. 비록 사소한 일상도 중요했지만, 그것이 삶의 목표가 될 수는 없었습니다. 아무리 술을 좋아할지라도 술통이 늘어선 곳간에서 살 수 없는 것과 마찬가지입니다. 내겐 신선한 공기가 필요했습니다. 이 사실을 누구보다도 나의 영혼이 깊게 자각하고 있었습니다. 만약 나르치스를 만나지 않았더라면 이미 오래 전에 이런 허무한 생활을 버리고 나의 길을 걸어갔을 것입니다.

나는 이제 결단을 내려야 했습니다. 나르치스를 사랑할 것인지, 아니면 나의 남은 삶을 사랑할 것인지. 수많은 갈등과 번민 끝에 나르치스는 인생의 길에서 마주치는 작은 만남에 지나지 않는다는 것을 깨달았습니다. 우연히 그를 사랑했듯이, 그렇게 시간이 지나면 언젠가 잊게 될 것이라는 점을 받아들이게 되었습니다. 그리고 스스로를 타일렀습니다. '너를 구속하는 모든 관념은 단지 유리병일 뿐이다. 그 유리병을 깨뜨리는 것이 네가 해야 할 일이다. 만약 네 힘으로 유리병을 깨고 답답한 이 진공의 세계에서 벗어날 수만 있다면, 너는 구원받게 될 것이다.' 라고 말입니다.

나는 곧 실행에 옮겼습니다. 나의 영혼에 씌워진 가면을 벗어버리고, 나만의 인생을 찾아 길을 떠나야겠다고 결심했습니다. 비록 나르치스를 사랑하고 있었지만, 이 사랑은 지난 날의 사랑과 달랐습니다. 그는 어느새 추억이 되고 말았습니다. 그를 볼 때마다 미래에 대한 기대보다 그와 함께 했던 시간들만 자꾸 떠오르는 것이었습니다.

나르치스도 평소와 다른 나의 태도에 실망을 느꼈는지 점점 냉담해지기 시작했습니다. 시간이 지날수록 우리는 사랑하는 연인이 아닌, 의무에 못 이겨 서로를 인정하는 사이가 되어버렸습니다. 심상치 않은 분위기를 눈치챈 가족들이 이것저것 물어보았지만 구태여 변명을 하고 싶진 않았습니다.

어느 날 저녁식사를 마친 뒤 나는 가족들에게 나의 새로운 결심에 대해 단호히 선포했습니다. 먼저 나르치스와의 관계에서 그의 체면을 생각해 지금까지 늘 양보해왔다는 것을 분명히 밝혔습니다. 그가 원한다면 언제까지나 그의 곁에 있을 것이며, 어떤 고난도 함께 헤쳐나갈 생각이라는 것도 분명히 했습니다. 다만 이전처럼 그의 아내로서가 아닌, 인생의 동반자로서 나의 자유와 신념을 지켜낼 것이라는 말도 덧붙였습니다. 나는 스스로의 의지로 살아보고 싶다는 말을 여러 번 반복했습니다. 정말이지 다른 사람의 압력이나 명령에 굴복해 내 인생을 포기하고 싶지 않았습니다.

어린 시절 병을 앓으면서 한 가지 깨달은 게 있습니다. 사람은 모두 개인에 맞는 체질이 있어 아무리 좋은 음식이라 할지라도 정작 본인에게 맞지 않을 경우, 성찬도 독이 될 수 있다는 진리였습니다. 커피만 보더라도 일반인들은 단순히 차茶라고 생각할 테지만, 커피를 마셔선 안 되는 사람에겐 단순한 차가 아니라 생명을 위협하는 독약인 것입니다. 마찬가지로 모두가 인정하는 도덕과 관습이 아무리 중요해도 그것이 나의 인생을 가로막는 장애물이라면, 나는 나 자신의 구원을 위해 결코 굴복하지 않을 생각이었습니다.

이렇게 한번 나의 진심을 털어놓으니 속이 후련했습니다. 마치 무거운 짐을 내려놓은 듯 기분이 홀가분했습니다. 나는 아버지가 어떤 말씀으로 타이르셔도 결코 물러서지 않았습니다. 지금 선택하는 결정이 나의 인생을 판가름할 것이라는 점을 잘 알고 있었기 때문입니다. 결국 가족들은 나의 결심이 확고한 것을 깨닫곤 모두 인정해주었습니다.

예상 밖에도 어머니가 나의 결정을 가장 환영해주었습니다. 어머니도 어린 시절 나와 비슷한 생각을 했던 것 같았습니다. 다만 어머니는 그런 생각이 성숙될 기회가 없었던 것입니다. 그런데 이제 딸이 젊은 시절의 자신과 똑같은 생각을 하고 있었다는 것과, 어머니는 차마 용기가 나지 않아 선택할 수 없었던 삶을 이제 내가 대신 짊어지고 가려는 의지를 보이자 크게 감동하신 것입니다.

바로 아래 여동생은 언제나 그랬듯이 나의 의견에 동의했습니다. 막내 여동생은 아무런 반응도 없었습니다. 원래 조용한 성품이라 이 사태가 어떻게 진전될지 신경이 쓰이는 눈치였습니다. 오히려 숙모가 제일 강경하게 반대했습니다. 숙모는 온갖 세속적인 도리와 관습을 열거하며, 그것이야말로 유일한 가치인 것처럼 주장했습니다. 숙모는 내가 가장 혐오하는 세계를 신봉했고, 나는 숙모가 가장 위험하다고 생각하는 세계를 사랑하고 있었습니다. 이 둘은 결코 타협할 수 없다는 것을 나는 잘 알고 있었습니다.

결국 나는 숙모가 내 삶에 관여할 자격이 없다는 말로 단념시킬 수밖에 없었습니다. 그 후 숙모는 이 사건을 깨끗이 잊어버렸습니다. 그토록 완고하게 반대하던 모습을 떠올리면, 숙모의 행동은 참으로 불가사의할 만큼 냉담했습니다. 사실 숙모는 보편적인 인간의 정서가 거의 없다시피 한 분이었기에 종종 이런 모습을 보이곤 했습니다.

역시 나는 아버지를 닮은 것 같았습니다. 아버지는 나처럼 오직 자신의 생각대로 행동했습니다. 아버지는 평소 말수가 적었지만, 이 일에 대해서는 나와 자주 이야기를 나누었습니다. 아버지의 주장은 항상 조리가 분명했습니다. 더구나 나는 아버지를 존경하고 있었으므로 쉽게 반대할 수 없었습니다. 하지만 내가 신봉하는 가치가 옳다고 확신하고 있었기에 끝까지 나의 의견을 굽히지 않았습니다.

때로는 아버지의 온정에 호소하기도 했습니다. 어느 날은 아버지의 말씀에 반박할 근거가 없어 공연히 흥분한 적도 있습니다. 그런 날은 하고 싶은 말을 실컷 한 후 아버지의 무릎을 껴안고 가슴이 후련해질 때까지 울었습니다. 나르치스에 대한 나의 사랑은 진실이었으며, 지난 2년간 견딜 수 없을 만큼 그를 위해, 나 자신을 희생해왔다는 것, 그리고 이것을 증명할 수만 있다면 남은 인생을 기꺼이 포기할 수 있다고 털어놓았습니다.

나의 단 한 번뿐인 인생을 약혼자나 친구, 사회적 명성, 관습 때문에 포기한다는 것은 너무나 잔인한 일이었습니다. 나는 할 수만 있다면 나르치스뿐 아니라 가족의 곁을 떠나 타향에서 살아갈 각오가 되어 있다는 말도 했습니다. 그제야 아버지는 한참 동안 심각한 표정을 짓더니, 나를 꼭 껴안아주시며 모든 것을 내 뜻에 맡기겠다고 말씀하셨습니다.

나르치스는 이미 우리 집을 방문하는 횟수가 많이 줄어들었습니다. 아버지도 나르치스와 함께 참석하시던 모임 등에 얼굴을 비치지 않게 되었습니다. 이 일은 곧 사람들의 입을 타고 궁정에까지 퍼졌습니다. 나는 사람들이 항상 타인에게 영향력을 행사하고 싶어한다는 것을 잘 알고 있었습니다. 나도 철이 들었고, 세상을 관찰하는 내 나름대로의 방법도 확고했습니다. 그들은 늘 자신이 먼저 권해놓고, 나중에 그것을 트

집 잡아 소문을 퍼뜨리는 것입니다. 나는 그들과 만나지도 않았고, 누가 나와 나르치스에 대한 소문을 귀띔해주더라도 아무렇지 않게 여겼습니다.

이런 소란 중에도 나르치스에 대한 나의 애정만큼은 변함이 없었습니다. 언제든 그를 놓아줄 수 있다는 생각을 한 뒤로 그에 대한 사랑은 더욱 깊어졌습니다. 오히려 이전보다 더욱 차분하게, 그리고 더 많이 고민하면서 그와의 사랑을 되짚어보았습니다. 그리고 만약 그가 나의 신념을 꺾으려고만 하지 않는다면, 나는 당연히 그의 아내가 되어야 한다고 생각했습니다. 하지만 그가 나의 영혼을 끝내 인정치 않는다면, 이왕국을 통째로 준들 나는 그의 곁에 머물지 않으리라 다짐했습니다.

몇 달 동안 이런 생각을 정리한 후 나는 편지를 써서 나르치스에게 왜 나를 만나지 않는가를 물어보았습니다.

나르치스는 성격상 아무리 사소한 일도 진심을 털어놓는 일이 거의 없었습니다. 그저 말없이 행동하는 것으로 만족하는 성품이었습니다. 이런 그의 성격을 잘 알고 있었으므로 일부러 강요하는 듯한 어투로 편지를 썼습니다.

얼마 후 그가 보내온 답장은 예상했던 대로 장황한 어투에 무슨 뜻인지 이해하기 힘든 내용이었습니다. 나르치스는 자신이 원하는 직위를 얻을 때까지 나에게 청혼할 수 없으며, 이런 환경을 누구보다도 내가 이해해주기를 바란다고 했습니다. 그렇다고 언제까지 교제를 계속하는 것도 사람들의 눈에 안 좋게 보일 수 있다며, 당분간 떨어져 지내는 것이 좋을 것 같다는 내용이었습니다.

나는 곧바로 답장을 보냈습니다. 이미 우리 두 사람의 관계는 세상이 다 알고 있는 일이므로 내 명예를 걱정하기엔 늦었고, 따라서 내 양심과 순결에 대한 명예를 지키는 길은 오직 약혼을 파기하는 것뿐이라고 썼습니다. 그리고 더 이상 나에게 신경 쓰지 말고 새로운 행복을 찾기 바란다는 말로 끝인사를 대신했습니다.

그 이튿날, 나르치스로부터 짧은 답장이 왔습니다. 내용은 지난번과 똑같았습니다. 좋은 직위를 얻을 때까지 기다릴 수 있겠느냐는 것이었습니다.

이런 말은 더 이상 내게 아무런 의미가 될 수 없었습니다. 이토록 세속적인 가식에 물든 사람을 사랑했다는 것이 문득 서글퍼졌습니다. 나는 친척과 친구들에게 우리들의 약혼을 파기했다고 분명하게 말했습니다.

그 후 아홉 달이 지나 그는 소원대로 승진을 했고, 실제로 청혼을 했습니다. 그는 자신과 결혼하려면 나의 생각부터 고쳐야 한다고 말했습니다. 나는 이미 아홉 달 전에 그를 정리한 상태였으므로 곧 어쩔 수 없는 사정상 거절할 수밖에 없다는 답장을 보냈습니다. 그리고 막이 내린 무대를 떠나는 여배우처럼 나르치스로부터 깨끗이 돌아섰습니다.

얼마 후 나르치스는 어느 부유한 귀족의 딸을 만나 결혼했습니다. 아마 나르치스로서는 이런 결정이 조금도 힘들지 않았을 것입니다. 이 소식을 들었을 때 진심으로 그의 행복을 빌어주었습니다. 그 또한 나로 인해 겪어서는 안 될 경험을 했기에 미안하다는 생각도 들었습니다.

나르치스가 관직을 얻기 전부터 꽤 실력 있는 집안에서 제게 청혼을 했습니다. 부모님은 은근히 결혼을 강요하셨지만, 나는 단호히 거절했습니다.

나르치스와 헤어지자 폭풍우가 휘몰아친 언덕을 넘어온 것처럼 안도감에 휩싸였습니다. 마치 매서운 봄바람을 견뎌낸 꽃봉오리가 5월을 만난 것 같은 심정이었습니다. 건강은 어느 때보다 좋았고, 마음도 늘 차분히 가라앉아 있었습니다. 비록 사랑을 잃었지만, 나는 사랑보다 값진 나 자신을 얻었습니다. 나는 여전히 젊고, 감정이 풍부했습니다. 아름다운 정원을 보는 것만으로는 지루함을 견딜 수 없어 무도회와 파티를 쫓아다니던 지난 시절과 비교하면, 지금의 단순한 행복이 몇 배는 더 아름답게 여겨졌습니다. 나는 세속적인 친구와 기쁨을 포기하는 대신, 하느님을 만난 것입니다. 그들의 짧은 우정 대신 영원한 생명을 선택했다는 자부심이 나를 기쁘게 했습니다. 나는 더욱 경건해진 신앙심으로 예술과 학문을 공부했습니다.

주로 그림을 그리거나 책을 읽으며 하루를 보냈습니다. 이것만으로도 늘 하루가 부족했습니다. 시끄럽고 화려한 사교계는 더 이상 추억하지 않았습니다. 그곳에서 나는 항상 외로웠지만, 작고 아담한 새로운 이 세계에서는 결코 쓸쓸하지 않았습니다. 게다가 나와 생각이 비슷한 사람들을 만나 새로운 교제를 시작했습니다.

우리는 새로운 모임을 만들었는데, 나에 대한 소문이 퍼져 약혼자보다 하느님을 더 사랑한다는 처녀를 보고 싶다는 호기심에 많은 사람들이 우리 모임을 방문했습니다. 당시 독일은 종교적인 분위기에 휩싸여 있었는데, 여러 영주들이나 귀족들도 영혼의 구원에 대한 관심이 높았습니다. 귀족들 사이에도 나와 같은 생각을 가진 사람들이 적지 않았으며, 일반 민중들 속에는 이런 풍조가 더욱 광범위하게 퍼져 있었습니다.

앞서 말한 그 백작의 가정은 여전히 나와 각별한 친교를 맺고 있었습니다. 백작의 친척 몇 사람이 이곳을 방문하면서 백작의 저택은 더 한층 활기를 띠었습니다. 그 사람들은 나에 대한 관심이 많았고, 나 또한 그들의 신앙과 학식을 존경하고 있었습니다.

백작에겐 학식을 갖춘 많은 친척들이 있었는데, 덕분에 나는 그 집에서 여러 후작과 백작, 그리고 고관들을 알게 되었습니다. 나는 누구와 만나든 내 생각을 숨김없이 말해버렸습니다. 모두들 내 생각에 공감했고, 또 젊은 처녀의 몸으로 그런 의지를 가질 수 있다는 것에 경탄했습니다. 그들은 모두 나를 아껴주었습니다.

나는 다시 세상과 마주쳤습니다.

마침 그 무렵, 아버지의 이복형제 되는 숙부가 우리 집을 방문했습니다. 이 숙부는 젊은 시절 궁정의 관리로 상당한 명성을 얻었는데, 누군가의 눈치를 보며 일하고 싶지 않다는 단한 가지 이유만으로 궁정에서 뛰쳐나온 분이었습니다. 사리가 분명한 성격과 강직한 성품이 아버지와 꼭 닮았습니다. 다만 아버지는 좀더 부드러웠고, 필요할 때 남에게 양보할 줄도 알았습니다. 그리고 무엇보다 숙부와 다른 점은 남을 용서할 줄 아는 너그러운 성품이었습니다.

아버지는 못마땅한 일을 겪어도 결코 내색하지 않았습니다. 어느 정도 화가 가라앉은 다음에 조용히 가족들에게 이야기하곤 했습니다. 반면에 숙부는 나이도 젊었고, 숙부의 외가가 부자였던 덕분에 늘 자신이 하고 싶은 대로 아무 거리낌 없이 행동했습니다. 반면 아버지는 물려받은 재산이 얼마 안돼 궁정의 직책에서 벗어날 수 없었습니다. 이런 환경이 두 분의 성격을 만든 것 같았습니다.

가뜩이나 완고한 숙부를 사회적으로 더욱 고립시킨 것은 가정적인 불행 때문이었습니다. 사랑하는 아내와 하나뿐인 아들을 잃은 후 숙부는 세상을 등지고 자신의 뜻대로만 생활했습니다.

　숙부는 다시 결혼할 생각이 없어 보였습니다. 간혹 부모님은 숙부가 재혼만 하지 않는다면 우리 형제들이 그 막대한 재산의 상속자가 될 것이라는 이야기를 했습니다. 물론 나는 이런 일에 관심이 없었지만, 다른 식구들은 숙부를 상당히 어렵게 여겼습니다.

　숙부는 비록 완고한 성격이었지만, 다른 사람의 말에 반대하는 경우는 거의 없었습니다. 오히려 항상 남의 말에 귀를 기울이는 편이었습니다. 그리고 상대방의 주장에 무엇이 부족한지 가르쳐주곤 했습니다. 숙부는 학식도 뛰어나고 머리도 명석해 많은 사람들이 조언을 구하곤 했습니다. 하지만 아쉽게도 나는 그런 도움을 받을 수 없었습니다. 숙부는 나의 문제를 감정적으로 대했습니다. 조카를 아끼는 마음 때문인지 타인에게 베풀었던 온정을 조금도 보여주지 않았습니다. 며칠 동안 숙부와 이야기를 나눴지만, 결국은 아무것도 이해하지 못했습니다.

　숙부는 전과 달리 오랫동안 우리 집에 머물렀습니다. 워낙 다른 사람에게 속내를 잘 터놓지 않는 성품이라 그 이유를 나중에야 알게 되었습니다. 숙부는 나의 막냇동생을 무척 사랑했는데, 마음에 드는 청년을 골라 결혼시킬 생각이었습니다. 막냇동생은 이미 육체적으로나 정신적으로 결혼할 수 있을 만큼 성숙해 있었습니다. 게다가 많은 지참금까지 얻을 수 있다는 사실에 부모님은 크게 기뻐하셨습니다. 숙부는 나에게도 뜻하지 않은 선물을 안겨주었습니다. 숙부는 오래 전에 어느 수도원의 지분을 상속받았는데, 그것을 내게 물려준 것입니다. 덕분에 나는 부모님에게 의지하지 않고도 평생 내가 원하는 삶을 살 수 있게 되었습니다.

하지만 동생은 숙부의 정 깊은 배려를 전혀 감사하게 여기지 않았습니다. 어느 날 동생은 조용히 나를 찾아와 깜짝 놀랄 만한 이야기를 털어놓았습니다. 그동안 가족 몰래 어떤 청년과 교제해왔다는 것이었습니다. 아마도 그 청년의 배경이 좋지 않아 감히 부모님께 소개시킬 수 없었던 것 같았습니다. 나는 동생을 좋은 말로 타일렀습니다.

동생을 결혼시키려는 숙부의 계획이 차근차근 진행되었습니다. 동생은 여전히 어찌할 바를 몰라 괴로워했습니다. 나는 동생이 나와 같은 선택을 하리라고는 생각하지 않았습니

다. 동생은 숙부나 부모님의 기대를 저버릴 만큼 대담하지 못
했고, 약간은 세속적인 면이 있었기에 곧 이 행운을 받아들이
게 될 것이라고 생각했습니다. 내 예상대로 얼마 후 동생은 짧
았던 첫사랑을 정리하고 숙부의 제안을 받아들였습니다.

　　숙부는 먼저 동생을 가까운 궁정의 사교모임에 소개했
습니다. 그곳의 여집사장이 숙부의 친구였는데, 그 세력이 상
당했습니다. 숙부는 동생이 그녀에게 신부수업을 받을 수 있
도록 주선했습니다. 나는 동생과 함께 궁정으로 떠났습니다.
그곳에서 우리들은 아주 만족스러운 대접을 받았습니다. 얼
마 후 나는 숙부가 지분을 물려준 수도원도 찾아갔습니다. 수
도원에서 나는 젊고 독실한 신자로 행동했는데, 나도 모르게
예전 생각이 나서 한참 웃음이 나왔습니다.

　　나는 새로운 환경에 금방 익숙해졌습니다. 예전 같으면
한동안 새로 바뀐 생활에 적응하느라 애를 먹었을 텐데, 그 화
려한 궁정 생활에 금세 적응할 수 있었습니다. 아침마다 몇 시
간씩 머리를 매만지며 화장을 하는 것도 잘 견뎌냈습니다. 혼
잡한 파티장에서 낯선 남자들과 춤을 추고, 대화를 나눴습니
다. 대부분의 대화는 지루했고, 또 피곤하기만 했습니다. 그러

나 생경한 곳에서 이렇게 많은 사람들을 만난다는 것은 나의 분별력을 성장시키는 데 큰 도움이 되었습니다. 나는 그곳에서 정숙한 부인들과 사귀었고, 앞으로 동생의 후원자가 될 여집사장도 알게 되었습니다.

동생과 헤어져 집으로 돌아오자마자 나는 이번 여행이 결코 만만치 않았다는 것을 곧 깨달았습니다.

늘 몸가짐에 조심하고 식사도 무척 조심했지만, 집에서 생활할 때처럼 마음 내키는 대로 행동할 수는 없었습니다. 사교적인 모임이 반갑지는 않았지만, 숙부와 동생을 생각하며 닥치는 대로 모든 만찬에 참석했습니다. 그것이야말로 나의 의무라고 생각했습니다. 평소처럼 건강도 괜찮았고, 단지 며칠만 참으면 된다는 생각에 무리를 했던 것 같습니다. 거실에서 여행 도중 겪은 재미난 이야기들을 부모님께 들려주다가 갑자기 각혈을 했습니다. 예전처럼 심하지는 않았지만, 어쩔 수 없이 침대에 누워 있어야 했습니다.

또다시 어린 시절의 일상이 되풀이되었습니다. 하지만 이번에는 기꺼운 마음으로 받아들였습니다. 지금은 아무런 집착도, 세상에 대한 관심도 없었습니다. 차라리 이렇게 병상에 누워 독서를 하는 편이 건강한 몸으로 사교모임에 참석하는 것보다 이롭다는 것을 알았기에 기분은 항상 쾌활했습니다. 나는 삶에 더 이상 집착하지 않았지만, 오히려 내가 바라던 진실한 삶과 더욱 긴밀하게 연결되었던 것입니다.

그런데 이번에는 정말 힘겨운 시련이 닥쳤습니다. 지난 5년간 병을 앓던 어머니가 결국 세상을 떠나고 말았습니다.

어머니는 죽음에 대한 공포가 밀려올 때마다 우리들을 머리맡으로 불렀습니다. 그렇다고 병이 낫는 것은 아니었지만, 우리들이 옆에 있다는 것만으로도 마음이 놓인다고 말씀하셨습니다. 엎친 데 덮친 격으로 어머니를 간호하던 아버지마저 병에 걸렸습니다. 나는 너무나 두려웠습니다. 아버지는 젊은 시절부터 가끔 두통을 앓곤 했는데, 어머니의 건강에 신경을 쓰느라 두통이 더욱 심해진 것입니다.

병상에 누운 부모님을 볼 때마다 내 심장은 터질 것만 같았습니다. 내가 이토록 나약하다는 사실에 절망했습니다. 가족의 고통이 이토록 괴로울 수 있다는 것을 처음 깨달았습니다.

나는 부모님을 실망시키면서도 포기하지 않았던 삶의

선택이 진실인지 혹은 환상인지, 아니면 누군가를 흉내낸 것인지 다시 한 번 되돌아보았습니다. 그리고 나의 신앙이 과연 이 고통을 견뎌낼 수 있을 정도로 확고한지 스스로에게 물어보았습니다. 나는 이 삶에 후회가 없었고, 하느님에 대해서는 더군다나 의심할 수 없었습니다.

나는 이 모든 고통을 삶의 숙명으로 받아들여야겠다고 다짐했습니다. 이런 고통이야말로 인생의 참다운 진실이라고 생각했습니다. 그때부터 하느님이, 나의 신념이 내 삶의 동반자가 되었습니다. 나는 삶의 무거운 고통이 닥칠 때마다 마치 사막의 나그네가 나무 그늘을 찾듯이 하느님께로 달려갔습니다. 그리고 그 나무 그늘에서 나는 늘 안식을 맛보았습니다.

그 무렵, 누군가로부터 이성적인 신앙보다 열광적인 광신을 추구하는 어떤 종파의 신도들이 신비스런 체험을 책으로 엮어 출판했다는 이야기를 들었습니다. 이 사람들은 외교관이나 법률가처럼 자신들의 신앙이 정당하다는 것을 증명하기 위한 문서와 인감이 필요했나봅니다. 나는 이들의 허망한 수고가 안타까웠습니다. 개인적인 순수한 체험이 어떻게 다른 사람들에게 이해될 수 있을까요? 그리고 왜 타인으로부터

88 —

자신의 신앙에 대해 인정받고 싶어하는 것일까요?

　　나는 괴로움 속에서 하느님을 만났습니다. 그분은 고통으로 신음하는 나의 영혼을 단 한 번도 뿌리치지 않았습니다. 누군가 나의 신앙을 의심한다면 나는 이 말 외엔 하고 싶은 말이 없습니다. 지금까지 살아오면서 기쁨보다는 슬픔이, 안식보다는 고통이 나를 발전시키고 성숙시켰습니다. 하느님은 축복의 시간이 아닌, 고통으로 일그러진 순간에 나를 부르셨습니다. 하지만 이런 개인적인 체험을 누군가에게 강요한다면 그것은 보잘것없는 거짓말에 지나지 않게 됩니다.

　　호흡이 생명을 이어가듯 하느님 없이는 이 세상이 존재할 수 없다는 진리를 수많은 사건들이 증명해왔습니다. 이것이 바로 나의 행복이었습니다. 하느님은 늘 내 곁에 계시고, 나는 하느님 앞에 무릎을 꿇습니다. 이것이 바로 나의 믿음이며 신학인 것입니다.

　　나는 사사로운 교파로부터 벗어나고 싶었습니다. 하지만 그것은 말처럼 쉬운 일이 아니었습니다. 언제부턴가 우리의 신앙은 교파와 교리로부터 자유로울 수가 없었습니다. 하느님을 인식하는 것만으로도 구원받을 수 있다는 나의 믿음은 어느 교파에서도 인정하지 않는 신앙이었습니다. 내겐 오직 마음의 행복만이 중요했습니다. 그렇다고 다른 사람의 신앙을 비웃지는 않았습니다. 할레의 개종파[4]가 주장하는 교리에도 나는 귀를 기울였습니다. 물론 그것을 인정하지는 않았지만, 그들의 믿음만큼은 충분히 존중했습니다.

할레의 개종파가 내세우는 교리에 따르면, 신앙은 죄악에 대한 깊은 공포심에서 출발해야 한다고 합니다. 그런 고통을 통해 우리는 지옥을 맛보게 되는데, 그 같은 공포가 우리의 남은 일생을 따라다니게 되어 더 이상 죄를 짓지 않게 된다는 교리였습니다. 그들은 이것이 하느님의 자비라고 주장했는데, 이 자비가 느껴지지 않을 때마다 공포를 떠올려야 한다고 말했습니다.

나는 그들의 교리를 인정할 수 없었습니다. 신앙은 각자의 것이므로 내가 함부로 말할 수 없었지만, 그들이 내세우는 교리만큼은 결코 용납하지 않았습니다. 하느님은 내가 찾기

---

[4] 독일 경건파인 스페너의 영향을 받은 할레대학 교수 프랑케가 제창한 경건주의 교파. 17~18세기까지 성행했다.

만 하면 언제나 성실히 나의 머리맡을 지키셨습니다. 내가 먼저 하느님께 회개하고, 죄를 뉘우칠 필요가 없었습니다. 나는 오직 하느님을 찾았고, 하느님은 내게 손을 내미셨습니다. 그 손길을 의지할 때마다 나는 내가 무슨 잘못을 저질렀는지 알 수 있었습니다. 그리고 나를 인도하신 분께 감사드렸습니다. 지옥의 공포는 느껴본 적이 없습니다. 악마라든가 죽은 자들의 심판도 생각해보지 않았습니다. 다만 이 순간 나에게 은혜를 베푸는 하느님께 감사했을 뿐입니다.

　나는 하느님을 믿지 않는 많은 사람들을 불쌍하게 생각했습니다. 언제 사라져버릴지도 모르는 인생의 환락을 좇는 사람들이 안타까웠습니다. 그런 사람들은 지옥이나 심판을 두려워하지 않습니다. 그들은 이미 삶에서 어렴풋이 지옥을 느끼고 있었습니다. 그들이 원하는 것은 오히려 위안이었으며 구원이었습니다.

　세상에는 오직 증오에 매달리며 모든 손길을 뿌리치려는 사람들이 있습니다. 그들은 타인에게도 자신과 같은 죄악을 권하며, 태양이 없다고 우겨댑니다. 두 눈을 꼭 감고 빛이 없다는 말만 되풀이하는 것입니다. 어쩌면 이런 사람들이야말로 빛에 굶주린 사람들일지도 모른다는 생각이 들었습니다. 이들에게 지옥의 고통을 이야기하며 자신들의 교리를 내세우는 사람들을 볼 때마다 내 가슴이 더 답답했습니다.

이 같은 마음이 하루도 빠짐없이 10년 동안 이어져왔던 것입니다. 그사이 사랑하는 어머니께서 돌아가셨고, 많은 풍랑과 거센 폭풍을 견뎌내야만 했습니다. 어머니의 죽음 앞에서 나는 한 가지 사실을 깨달았습니다. 굳이 사람들의 눈을 의식해 나 자신을 숨길 필요가 없다는 것입니다.

나는 늘 쾌활하게 지내려고 노력했습니다. 어차피 고통이 기다리고 있다면 기쁜 마음으로 견디리라 다짐했습니다. 나는 사람들에게 나 자신을 숨기지 않았습니다. 내가 어떤 생각을 하는지, 어떤 기분인지 숨기고 싶지 않았습니다. 그로 인해 많은 사람들이 나를 오해하곤 했습니다. 사람들은 '건강할 때 공덕을 쌓아두기' 5) 위해서는 진지하지 않으면 안 된다는

---

5) 당시 신앙을 지켜내기 위한 방법으로 세간에 떠돌던 속담.

교훈을 나에게 가르칠 좋은 기회라고 생각했던 것 같습니다.

항상 즐겁게 살려고 노력했지만, 삶을 대하는 태도는 더욱 진지해졌습니다. 하지만 사람들은 내가 나르치스와 헤어질 때처럼 여전히 철없는 소녀 같다는 말을 하곤 했습니다. 나는 그들의 견해도 인정했습니다. 사랑하는 어머니를 잃고, 갖가지 고통 속에 헤매었지만, 하느님을 생각하면 언제나 기쁨이 넘쳤습니다. 어머니가 돌아가신 것은 조금도 두렵지 않았습니다. 단지 사랑하는 사람이 그토록 고통스러워야 한다는 사실에 슬펐을 뿐입니다.

나는 조금씩 나만의 생각을 가슴속에 간직할 수 있게 되었습니다. 책을 읽거나, 저명한 인사와 대화를 나눌 때에도 그들의 생각에 휩쓸리지 않으려고 노력했습니다.

언젠가 이런 경험을 한 적이 있습니다. 친구 한 명에게 처음부터 내가 너무 양보했더니, 그 친구는 사사건건 나의 일에 참견하며 나를 가르치려고 들었습니다. 그래서 하루는 "그런 걱정까지 할 필요는 없어요. 당신의 충고도 필요 없어요. 나에겐 하느님이 함께 하시고, 또 나만의 생각이 있어요. 하느님의 은혜와 나의 의지만으로도 충분해요."라고 말해버렸습니다. 그러자 그녀는 몹시 당황하며, 다시는 나와 이야기를 나누지 않았습니다. 이 일로 나는 인간이 얼마나 이기적이며 교만한가에 대해 많은 경험을 했습니다.

종교상의 문제 때문에 더 이상 사람들과 부딪치고 싶지 않았습니다. 마찬가지로 일상생활 또한 나만의 방법으로 선택하고 싶다는 욕망이 고개를 들기 시작했습니다. 하지만 가장 중요한 것은 나를 올바른 길로 인도해주실 하느님의 은총이었습니다. 만약 주님이 나를 인도하지 않으신다면 어떤 불행을 겪을지 모르는 일이었습니다. 그 때문에 늘 하느님께 기도했고, 나의 의지가 하느님을 향한 믿음에서 시작되기를 간절히 소망했습니다.

우리의 생명을 창조하신 분, 생명으로 불리는 모든 것을 기르시는 분, 나는 조금씩 그분에게 다가가고 있음을 자각했습니다. 하지만 아직도 죄악이 어떤 것인지는 잘 몰랐습니다.

하느님과의 만남은 무엇과도 바꿀 수 없는 가장 소중한 기쁨이었습니다. 이런 행복을 누릴 수만 있다면 어떤 것도 희생할 각오가 되어 있었습니다. 나는 오직 경험을 따르기로 결심했습니다. 하지만 이런 방법은 약은 거들떠보지도 않고, 오로지 의사에게만 매달리는 어리석은 환자와도 같은 것이었습니다. 어느 정도 효과는 있었지만, 시간이 지날수록 한계가 느껴졌던 것입니다.

내 삶의 가장 큰 위안은 고독이었습니다. 그렇다고 언제나 고독에 묻혀 지낼 수만도 없었습니다. 가끔 사람들 틈에 파묻혀 지내다 보면 나 자신에 대해 좀더 분별력을 가지고 살펴볼 수 있었습니다. 그리고 다시 나만의 고독으로 빨려 들어가는 것이었습니다. 나는 희미한 빛 속에 머무는 나 자신을 보았습니다. 나는 내가 얼마나 나약하고 비참한가를 잘 알고 있었습니다.

7년 동안 나는 이렇게 조용히 나만의 세계에서 생활했습니다. 만약 뜻하지 않은 사정이 생기지만 않았다면 아마 죽을 때까지 이런 생활을 지속했을 것입니다. 하지만 나는 생각지도 못한 길을 걷게 되었습니다.

나는 친구들의 충고를 거절하고, 어떤 새로운 모임에 참석하게 되었습니다. 처음에는 친구들의 충고를 받고 주저했습니다. 나는 하느님께 모든 것을 맡기고 기도했습니다. 그리고 주께서 나를 인도하리라는 확신을 갖고 그 모임에 참석했습니다.

그 경위는 이렇습니다. 몇 년 전 어떤 사람이 우리 집 근처로 이사 왔습니다. 머리도 좋고 사리도 밝은, 무엇보다도 마음이 따스한 사람이었습니다. 그의 가족들은 나와 가까운 사이인 어느 분과 친구였습니다. 비록 다른 고장 사람이었지만, 우리들과 비슷한 환경이어서 이내 친한 사이가 되었습니다.

나는 그를 필로[6]라는 별명으로 불렀습니다. 필로는 나보다 나이가 훨씬 많았습니다. 그는 이미 얼굴에 노쇠의 그림자를 띠기 시작한 나의 아버지와 좋은 친구가 되었습니다. 얼마 후 필로는 우리 가족들과 허물없는 사이로 지냈습니다.

필로는 나를 보면 곧잘 "당신은 상류사회의 사람들처럼 가식적이지도 않고 사치스럽지도 않군요. 그렇다고 '시골에 묻혀 사는 사람들'[7]처럼 무지하지도 않고요."라고 이야기했습니다. 이윽고 우리 두 사람은 마음을 털어놓을 수 있는 친

---

6) '사랑하는 벗'이라는 뜻.
7) 경건주의자를 가리키는 말.

구가 되었습니다. 필로는 그동안 혼자만의 세계에 빠져 있던 나를 위로하기 위해 하느님이 보내신 아주 특별한 친구였습니다.

나는 세속적인 일에는 도무지 관심이 없었습니다. 권력이나 정치적인 일에는 말할 것도 없었습니다. 하지만 그런 이야기를 무척 좋아했고, 또 누군가 어느 고장에서 있었던 사건을 이야기해줄 때마다 몇 시간씩 귀를 기울이곤 했습니다. 세속적인 일에 연연하지는 않았지만, 이런 일을 통해 내가 알지 못하는 많은 지식을 얻을 수 있다고 생각했습니다. 필로는 이런 방면에선 나의 뛰어난 스승이자 친구였습니다.

그런데 예전의 친구들이 나와 필로 사이를 질투하기 시작했습니다. 그리고 낯선 이방인을 조심하는 게 좋겠다고 몇 번씩 주의를 주었습니다. 그들의 걱정은 당연한 것이었지만, 나는 무척 괴로웠습니다. 그것은 친구들의 반대를 무시할 수도 없고, 그렇다고 받아들일 수도 없었기 때문입니다. 나는 어렸을 때부터 다른 사람의 의견에 그다지 반박하는 성격이 아니었지만, 이번만은 나의 새로운 우정을 지켜나가고 싶었습니다.

나는 이 문제로 하느님께 기도했습니다. 그분의 뜻대로 이 우정을 지켜나가든지, 아니면 가로막아달라고 기도했습니다. 그리고 필로와의 우정이 어떻게 진전될 것인지 지켜보기로 결심했습니다.

필로는 나르치스와 비슷한 데가 많았습니다. 다만 경건한 교육 덕분에 훨씬 집중력이 있었고 쾌활했습니다. 필로는 나르치스와 달리 허영심이 없고 성격도 착실했습니다. 나르치스가 세심하고 정확하고 끈기가 있었다면, 필로는 원활하고 총명하며 민첩하고, 무엇보다 믿을 수 없을 만큼 경쾌했습니다.

나는 상류계급 사람들의 외면적인 생활은 어느 정도 알고 있었지만, 그 내부 사정은 필로를 통해 비로소 알게 되었습니다. 나는 화려하기만 한 그들의 삶에 처음으로 동정심을 느꼈습니다. 그리고 그들과 다른 인생을 선택할 수 있었다는 기쁨을 누렸습니다. 필로는 무엇이든 숨기는 일이 없었습니다. 그는 자신의 내면적인 고충과 외면적인 일들에 대해 차츰 내게 털어놓기 시작했습니다.

그런데 필로와 대화를 나누면서 그가 여러 가지 말 못할 고충을 겪고 있다는 사실을 알게 되었습니다. 나는 필로를 위해 기도했습니다. 하지만 얼마 후 걱정했던 일이 벌어졌습니다. 그는 늘 무언가를 숨기는 것이 있었는데, 마침내 용기를 내어 내게 고백하고 말았습니다.

그의 고백으로 나는 큰 충격을 받았습니다. 나는 한 번도 겪어보지 못한 새로운 경험에 부딪혔습니다. 저 델피의 숲에서 태어났으면서도 여태껏 수업료를 치르지 않았기 때문에 이제 그 수업료에 많은 이자까지 덧붙여 지불하게 된 아가톤[8]을 보며, 나는 말할 수 없는 슬픔에 잠겼습니다. 더구나 이 아가톤은 나의 친구였습니다. 나는 죄와 정욕의 끝없는 회오리에서 방황하는 필로를 보며 인간의 숙명에 대해 다시 한 번 고민하게 되었습니다. 나는 그와 더불어 고통을 함께 나누고 싶었습니다.

오랫동안 나는 필로의 방황에 대해 고민한 후 나 자신의

---

8) 18세기 독일의 시인 빌란트가 쓴 소설 『아가톤』의 주인공. 아가톤은 델피의 숲에서 도덕적인 순결의 중요성을 교육받았으나, 훗날 유혹을 못 이기고 몸을 망쳤다. 여기서 필로를 아가톤과 비유함으로써 모호하게 표현한 고백의 내용을 암시하고 있다.

모습을 살펴보았습니다. '너 역시 그와 다를 게 무엇인가?' 라는 생각이 한 조각 구름처럼 눈앞에 떠올랐습니다. 구름은 점점 광포해지더니 마침내 나의 영혼을 삼켜버렸습니다.

'너 역시 그와 다를 게 무엇인가?' 라는 생각이 계속 머릿속을 맴돌았습니다. 이제는 생각이 아니라 실제로 그렇게 느껴졌습니다. 두 번 다시 기억하고 싶지 않을 만큼 강렬한 느낌이었습니다. 원죄에 대한 불쾌한 느낌은 한동안 나를 놓아주지 않았습니다.

1년 넘게 하느님이 나를 붙들어주지 않았더라면 나는 지라르[9]나 카르투슈[10], 다미엥[11]처럼 무서운 이교도가 됐을지도 모르는 일입니다. 내 마음속에서 그들과 다를 것이 없는 어떤 감정을 찾아낸 것입니다.

지금까지 나는 하느님을 믿었지만, 내가 죄인이라는 생각은 해본 적이 없습니다. 언제나 하느님은 내 곁을 지키셨고,

---

[9] 프랑스 제수이트파의 성직자로 유명한 색마였다. 1733년 처형당했다.
[10] 프랑스의 악명 높은 산적의 두목. 1721년 처형당했다.
[11] 프랑스 황제 루이 15세를 암살하려다가 실패하여 1757년 처형당했다.

Goethe, Johann Wolfgang von

힘들 때마다 손을 내밀어주었습니다. 하지만 내가 죄인이라면, 여전히 죄인으로 남아 있다면…… 그 무서운 가능성이 점차 현실로 나타나는 것 같았습니다.

이런 혼동은 난생 처음 겪는 고통이었습니다. 나는 하느님을 의심했습니다. 나의 지난 시간들을 의심했습니다. 죽음이 두려워졌습니다. 어쩌면 나를 위해 하느님은 심판을 준비하고 있을지도 모른다는 생각이 들 때마다 배신당한 느낌이 들었습니다. 나는 더욱더 하느님을 의지했고, 내 육체가 원하는 모든 감정들을 증오했습니다. 아니, 증오하려고 노력했습니다. 나는 생명을 걸고 이 병적인 집착에서 벗어나고 싶다고 기도했습니다. 나는 하느님이 위대한 구원의 손길을 뻗어야만 한다고 강요했습니다.

어느 날 문득 '무엇이 나를 구원할 수 있는가?' 라는 생각이 떠올랐습니다. 도덕적인 수양일까요? 그것은 도저히 납득할 수 없었습니다. 왜냐하면 지난 10년 동안 나는 도덕적으로 순결한 생활을 지켜왔습니다. 그런데 지금에 와서야 구원과 심판에 대해, 인간의 처절한 욕망에 대해 겨우 자각하기 시작한 것입니다. 인간의 영혼이란 대체 무엇일까요? 그 진실한 모습이 밧세바의 벌거벗은 모습에 흥분한 다윗[12]의 욕망이라고는 믿고 싶지 않았습니다. 더구나 다윗은 하느님의 친구였습니다. 그리고 나 역시 하느님이 나의 친구라는 것을 추호도 의심하지 않았습니다.

그렇다면 죄악에 대한 욕망이 바로 인간의 숙명적인 약점인지도 모릅니다. 인간은 언제나 참을 수 없는 욕망 앞에서 허무하게 무너지곤 합니다. 아무리 훌륭한 의지를 가진 자라도 자신이 저지른 죄악 앞에서 혐오의 눈물을 흘릴 뿐, 결국 똑같은 범죄로 손을 더럽힐 수밖에 없는 것입니다.

도덕의 교훈은 인간을 위로할 수 없다는 것을 깨달았습니다. 인간의 정욕을 억제하려는 도덕의 엄격함은 오히려 정욕을 미덕으로 바꿔버렸습니다. 사람들은 자신의 편의를 위해 하느님과의 절대적인 친교를 소수의 특권으로 규정해버린 채 자신들은 마음껏 광란의 욕망을 헤엄쳐 다닌 것입니다.

어느 날인가, 나는 다윗이 밧세바와의 추악한 범죄를 후

---

12) 다윗이 어느 날 저녁 몸을 씻고 있는 우리아의 아내 밧세바를 훔쳐보며 욕정을 일으켜 정을 통한 고사를 일컫는다. 「사무엘 하」 11장 참조.

Goethe, Johann Wolfgang von

회하며 만든 노래[13]를 읽으면서 다윗의 고뇌를 이해하게 되었습니다. 그는 자신의 죄악이 이미 어머니로부터 이어져왔다는 것을 깨닫고, 자신의 순수한 영혼을 위해 모든 것을 희생할 준비가 되어 있었습니다. 나는 그의 진실한 모습에서 큰 감명을 받았습니다.

그렇다면 다윗은 어떻게 해야 자신의 영혼을 지킬 수 있을까요? 복음서에 기록된 대답[14]을 나도 잘 알고 있었습니다. 예수 그리스도의 피가 우리의 모든 죄악을 씻어버렸다는 것은 나 역시 오래 전부터 익숙하게 들어온 이야기였습니다. 하지만 문득 이런 생각이 떠올랐습니다. 그 오래된 경구가 익숙하기는 하지만, 나 자신은 아직도 깨닫지 못했다는 점이었습니다. '대체 무슨 뜻일까? 예수 그리스도의 피가 어떻게 인간의 죄악을 씻을 수 있었을까?' 라는 의문이 한동안 내 머릿속에서 떠나지 않았습니다.

나는 조금씩이나마 내가 목말라했던 절대적인 진리가

13) 「시편」 51장 참조.
14) 초기 신약시대부터 전해 내려오는 교리문답.

만물 속에, 더 자세히 설명하자면 인류를 창조한 저 영원한 말씀의 인간화[15]에 깃들어 있었다는 것을 희미한 광명 속에서 어렴풋이 확인할 수 있었습니다. 저 태초의 존재자가 자신이 창조한 이 세계, 지금 우리들이 살고 있는 이 세계를 자신이 창조한 피조물로서 감당했다는 것, 우리들 인간의 운명과 마찬가지로 탄생에서 죽음에 이르기까지 모든 과정들을 하나하나 거쳐갔다는 것, 이 기이한 우회迂回가 진실이었다는 것을 알게 되었습니다.

나는 마침내 모든 생명이 하느님의 숨결이었다는 것을 깨달았습니다. 하느님은 아무것도 구별하지 않으며, 어둠과 빛을 구분하지 않았습니다. 단지 하느님의 숨결에 불과한 인간들이 밤과 낮을 구별짓고, 높고 낮음을 구분했던 것입니다. 그런데 인간의 모습을 한 하느님은 결코 인간들의 그 같은 죄악의 본성을 좇지 않고, 태초의 섭리를 따라 모든 인간을 위해 피를 흘린 것입니다. 인간이 피를 흘릴 수 없었기에 인간을 창

---

15) "말씀이 육신이 되어 우리 가운데 거하시매 우리가 그 영광을 보니 아버지의 독생자의 영광이요, 은혜와 진리가 충만하더라." 「요한복음」 1장 14절 참조.

조한 신이 자신의 피를 대신 흘린 것입니다.

나는 하느님의 놀라운 은혜를 도저히 감당할 수 없을 것 같았습니다. 성서는 '신앙으로' 이 은혜에 보답해야 한다고 말합니다. 그렇다면 대체 그 신앙이란 무엇을 말하는 것일까요? '신앙'이라는 짧은 단어를 입에 올리는 것만으로 참된 신앙을 깨달을 수는 없습니다. 그것이 인간을 어떻게 변화시키는지, 또 어떤 작용을 일으켜 구원에 이르게 하는지 경험해보지 못하고는 아무 말도 할 수 없는 것입니다.

"오, 전능하신 하느님, 제게 진정한 신앙을 허락하소서." 라고, 언젠가 나는 짓눌리는 마음의 고통을 견디지 못한 채 이렇게 기도했습니다.

나는 앞에 놓인 작은 탁자에 몸을 기대고, 쉴새없이 눈물이 흐르는 얼굴을 두 손으로 감쌌습니다. 그때 나는 놀라운 체험을 했습니다.

지금도 내가 겪은 체험을 뭐라고 표현해야 할지 모르겠습니다. 내 영혼은 자석에 이끌리는 쇳조각처럼 예수께서 못 박힌 십자가 쪽으로 달려갔습니다. 그것은 결코 내 의도가 아니었습니다. 마치 멀리 떨어진 애인을 추억하는 것과 같은 비숫한 기분이 들었습니다. 내 영혼은 인간의 육체를 짊어지고 십자가에 못 박힌 그분의 고통을 보았습니다. 그 순간 나는 신앙이 무엇인지 확실히 깨달았습니다.

"이것이 바로 신앙이구나!"

나는 이렇게 외치며 기쁨의 눈물을 흘렸습니다. 나는 그 순간 내 온몸을 휘감은 감각을 잃지 않으려고 노력했습니다. 이윽고 지금까지 경험해보지 못한, 아니 상상조차 할 수 없었던 세계에 발을 들여놓았다는 사실을 알게 되었습니다.

당시의 느낌은 도저히 말로 표현할 수 없을 것 같습니다. 나는 그것이 단순한 공상이 아니라고 확신합니다. 그 경이로운 체험에는 공상이나 환상 따위가 감히 섞일 수 없었습니다.

한 차례 격렬한 감흥이 가라앉은 뒤 나는 그런 경험이 낯설지 않다는 것을 느꼈습니다. 하지만 그전의 느낌은 지금처럼 강렬하진 않았습니다. 나는 그동안 이런 느낌을 대수롭지 않게 여겼습니다. 잠시 흥분한 것쯤으로 생각했습니다. 지금에 와서야 생각해보면 많은 사람들이 이런 경험을 했을 것으로 생각됩니다. 이 소중한 경험이야말로 진정 귀한 체험이었습니다.

간혹 발작처럼 밀려오던 이런 느낌만으로도 나는 무척 만족했습니다. 만약 필로 때문에 비롯된 그 뜻하지 않은 고통이 없었더라면 나는 어리석게도 나 자신을 자각하지 못한 채 그저 평범한 삶을 살았을 것입니다.

하지만 그 중대한 사건이 있은 후 나는 새로운 날개를 얻었습니다. 이전에 나를 위협했던 수많은 환난으로부터 자유롭게 빠져나갈 수 있었습니다. 마치 급류에 맞닥뜨린 어린 강아지의 공포를 불쌍히 여기며 유유히 창공을 나는 새가 된 기분이었습니다.

나의 기쁨은 말로 다 표현할 수가 없었습니다. 이 새로운 경험은 누구에게도 알리지 않았습니다. 그래서 집안 사람들은 내가 무엇 때문에 기뻐하는지는 알지 못했지만, 어쨌든 내가 다시 명랑해졌다는 것만으로도 다행스럽게 여겼습니다.

기독교도로 살아온 지난 10년간은 사실 다른 사람과 별다른 차이가 없었습니다. 이 영적인 힘이 결여되어 있었기 때문에 성실한 신앙인들처럼 그럭저럭 하느님에 대한 갖가지 영상으로 나의 부족한 믿음을 채우며 버텨온 것입니다. 물론 이것도 나름대로 유익한 방법이었습니다. 왜냐하면 그것이 비록 진실은 아닐지라도 죄악을 욕망하는 것보다 훨씬 이로운 일이었기 때문입니다. 단순한 공상에 불과할지라도 이 영적인 경험을 그리워하는 덕분에 나는 작은 새가 가지를 타고 나무 위를 오르듯 조금씩 올라갈 수 있었습니다.

인간을 하느님 곁으로 인도하는 제단은 교회와 종소리, 오르간과 찬송가, 그중에서도 목사님의 설교일 것입니다. 그 신비스런 경험이 있기 전까지 나는 이런 것들을 얼마나 갈망했는지 모릅니다. 날씨가 아무리 궂어도 나는 교회에 빠지지 않았습니다. 어쩌다 몸이 좋지 않아 침대에 누워 있다가도 예배의 시작을 알리는 교회 종소리가 은은하게 들려오면 나도 모르게 벌떡 일어나곤 했습니다.

다행스럽게도 궁정 목사님은 매우 훌륭한 분이어서 그분의 설교를 듣는 것은 무척 큰 기쁨이었습니다. 그분과 가까이 지내는 분들도 모두 상당한 학식과 신앙을 갖춘 교양인이었습니다. 나는 토기그릇에 담긴 평범한 과일 중에서도 하느님의 말씀이 서린 황금빛 사과를 골라낼 줄 알았습니다.

나는 이 능력을 발휘해 공적인 예배 외에도 갖가지 종교적인 모임에 참석했습니다. 이 새로운 만남에 의해 나의 상상력과 믿음은 한층 더 섬세해졌습니다. 아직 새로운 세계가 존재한다는 것을 알지 못했던 시절, 나는 이 만남들이야말로 나를 인도할 유일한 길이라고 확신했습니다. 그때까지만 해도 나의 영혼은 단지 감각할 뿐, 무엇이 진실인지 눈으로 확인할 수가 없었습니다.

신비스런 경험을 겪은 후 나는 부푼 기대를 안고 목사님의 설교를 들었습니다. 하지만 그 결과는 참담했습니다. 목사님의 설교는 분명 예전과 다르지 않았습니다. 나는 그제야 내가 변했다는 것을 알아차렸습니다. 나는 이미 껍질을 벗기고 알맹이를 맛보았지만, 목사님은 여전히 껍질의 색에 대해서만 설교했습니다. 얼마 후 나는 이런 속물적인 설교자들에게 진절머리가 났습니다. 다른 사람들처럼 체면을 생각해 묵묵히 말도 안 되는 억지소리를 듣고 있을 수는 없었습니다. 나는 이미 새로운 세계를 경험한 뒤였습니다. 이 낡은 교회에 갇혀 내 영혼을 괴롭히고 싶지 않았습니다.

필로의 부모님은 헤른후트 교파[16]의 신도였습니다. 그래서 필로의 서재에는 헤른후트 교파의 창시자인 친첸도르프 백작의 저서가 많았습니다. 필로는 여러 번 그 책들을 내게 권하며, 심리적 현상을 이해하는 것만으로도 충분한 가치가 있을 것이라고 말했습니다.

나는 그때까지만 해도 친첸도르프 백작을 극단적인 이단으로 여기고 있었습니다. 어쩔 수 없이 필로의 호의를 받아들이긴 했지만, 에버스도르프의 찬송가집[17]은 언제까지나 책상 한구석에 처박혀 있었습니다.

어느 날 또다시 그 지긋지긋한 목사님의 설교에 잔뜩 실망한 나는, 문득 필로가 선물한 에버스도르프의 찬송가집을 펼쳐보았습니다. 그리고 형식은 비록 달랐지만, 내가 느낀 감정들이 고스란히 표현된 노래들이 많아 깜짝 놀랐습니다. 특히 가사가 독창적이고 소박해서 무척 마음에 들었습니다. 독특한 영감이 독특한 방법으로 잘 표현되어 있었습니다. 사람들의 선입견처럼 저속한 표현은 단 한 군데도 없었습니다. 나

---

16) 18세기 독일에서 발생한 신비주의적 경건주의를 내세운 반가톨릭 종파. 주창자인 친첸도르프 백작의 영지 헤른후트가 본거지였다. 이 교파는 가톨릭의 압제에 시달렸지만, 죄의식을 통해 구원의 길을 찾는다는 교리로 널리 퍼져나갔다.
17) 에버스도르프는 1733년 이후 헤른후트 교파가 번창했던 지역으로, 이 지역의 목사 슈타인호퍼가 1742년 찬송가집을 펴내었다.

는 이 사람들의 경험과 나의 경험이 크게 다르지 않다는 것을 확신하게 되었습니다. 그리고 며칠씩 마음에 드는 구절들을 외웠습니다.

이렇게 약 3개월이 지났습니다. 나는 필로에게 나의 변화를 고백하고 싶어 그를 찾아갔습니다. 하지만 마음 한구석에선 그에게 이 사실을 알려서는 안 된다는 생각이 들었습니다.

영문을 모른 채 나를 바라보는 필로에게 그동안 겪었던 일들을 자세히 말했습니다. 나의 특별한 경험이 자신 때문에 비롯되었다는 이야기를 듣고 필로는 몹시 당황했지만, 결국 자신도 모르게 눈물을 흘릴 정도로 크게 감동을 받았습니다. 나 또한 필로의 눈물에 감격했고, 그가 새롭게 변화되기를 간절히 바랐습니다.

필로는 내가 부탁하지 않은 책까지 모조리 마련해주었습니다. 나는 이단으로 몰린 친첸도르프 백작의 고민을 이해할 수 있을 것 같았습니다. 그렇다고 무조건 백작을 옹호하려는 것도 아닙니다. 백작은 그 시대가 감당할 수 없을 만큼 뛰어난 인물이었습니다. 비록 자신이 어떤 시대를 살고 있는지 정확히 판단하지 못했다는 것이 흠이긴 하지만, 백작은 나름대로 정당한 신앙인이었다고 확신합니다. 백작은 결코 몽상가가 아니었습니다. 백작이 발견한 진리를 경멸하는 사람들이야말로 부패한 관리였으며, 정욕에 찌든 귀족들이었습니다.

나는 이 백작이 무척이나 마음에 들었습니다. 만약 그가 살아 있었다면 조국과 친구를 버리고 지금 당장 그에게로 달려갔을 것입니다. 아마 우리 두 사람이 만났더라면 분명 서로의 세계를 인정했으리라 생각합니다. 친구로 남을 수 있을는지는 의문이지만, 어쨌든 나는 백작에게서 같은 길을 걷고 있다는 동지애를 느꼈습니다.

나는 이 새로운 만남을 하느님께 감사드리며, 더욱 열심히 구원과 신앙에 대해 사색했습니다. 한때는 날마다 파티에 나가고도 싶었지만, 그 이후로는 집 앞의 정원에만 나가도 외국을 방문한 것 같은 기분이 들었습니다. 나는 연로하신 아버지를 보살피는 것만으로도 하루가 바빴습니다. 잠깐 여유가 있을 때 친첸도르프 백작과 성서를 연구하는 것이 유일한 낙이었습니다.

이런 나를 이해하는 사람은 오직 필로뿐이었습니다. 그는 나를 만나고자 온 것임에도 아버지와 오랜 시간 함께 이야기하곤 했습니다. 필로는 그날의 사건 이후 나를 어려워하는 것 같았습니다. 나의 고백에 감동을 받기도 했지만, 그것이 필로의 생각을 완전히 변화시킬 수는 없었나봅니다. 그는 내가 들려주는 이야기에 집중하려 했지만, 쉽지 않아 보였습니다. 결국 우리는 종교적인 화제 대신 세상 돌아가는 이야기를 나누며 차를 마셨습니다. 그는 워낙 견문이 넓어 이런 이야기가 시작되면 곧 표정이 환해지곤 했습니다.

얼마 후 나는 헤른후트 교파의 신도가 되기로 작정했습니다. 하지만 이 결심도 궁정 목사님에겐 숨길 수밖에 없었습니다. 그는 나의 고해 목사님이었지만, 어찌된 영문인지 헤른후트 교파라면 무조건 질색이었습니다. 물론 그가 훌륭한 목사님이었던 것은 사실이지만, 나는 목사님의 완고한 고집이 답답하게 느껴질 때가 많았습니다. 다정다감하고 훌륭한 이 노老 목사님은 불행히도 나와 다른 사람들로 인해 많은 상처를 받게 되었습니다.

이곳에 부임하기 수년 전에 목사님은 다른 지방에서 성실하고 신앙이 깊은 한 신사를 알게 되어, 하느님의 은총을 구하는 벗으로서 줄곧 서신을 주고받는 절친한 친구로 지내왔습니다. 그런데 어느 해인가 그 신사가 헤른후트 교파에 가입했다는 사실을 알게 된 목사님은 크게 실망해서 이곳으로 옮겨왔다고 합니다. 하지만 그 신사가 목사님께 편지를 보내 헤른후트 교파에서 탈퇴해 옛 친구로서 다시 우정을 나누고 싶다는 뜻을 전해왔을 때 목사님은 너무나 기뻐 이 소식을 주일날 설교시간에 들려주었습니다.

이렇게 찾아온 목사님의 옛 친구는 마치 개선장군처럼 우리들에게 소개되었습니다. 다만 아버지만은 이제 누구와도 만날 생각이 없었기에 내가 이 색다른 소식을 전해드려도 그저 시큰둥한 반응만 보였습니다.

그 신사의 인기는 대단했습니다. 그는 궁정의 예절에 익숙해 있었으며, 한때 방황했다는 과거 때문에 많은 사람들의 관심을 한몸에 받고 있었습니다. 게다가 천성적으로 사교적이며 교양이 있어 많은 사람들의 존경을 받게 되었습니다. 누구보다도 그의 옛 친구가 가장 기뻐했습니다. 하지만 유감스럽게도 신사는 여전히 헤른후트 교파를 잊지 못하고 있었습니다. 이 엄격한 친구 앞에서는 조심스레 숨겨왔지만, 사람들과 함께 있을 때면 자신도 모르게 헤른후트 교파의 기도문이

나 비유 등이 곧잘 튀어나오는 것이었습니다. 사람들이 그 새로운 신사가 들려주는 아름다운 비유에 빠져드는 것은 당연한 결과였습니다.

나는 어느새 우리 고장의 최고 유명인사가 된 그 신사에 대해 까맣게 잊고 혼자만의 시간에 만족하며 세월을 보내고 있었습니다. 그래서 우리들은 오랫동안 서로 모르고 지냈습니다.

어느 날, 나는 병에 걸린 친구를 돌봐주기 위해 집을 나섰습니다. 친구의 병실에는 이미 친지 몇 사람이 그녀를 위로하고 있었습니다. 그들은 내가 병실에 들어서자 하던 이야기를 멈추는 것이었습니다. 나는 아무것도 모르는 척했지만, 놀랍게도 병실에는 헤른후트 교파의 그림 몇 장이 걸려 있었습니다. 나는 그곳에서 방금 전까지 무슨 이야기가 오고갔는지 알 것 같았습니다. 그래서 조용히 그 자리에 어울리는 친첸도르프 백작의 시를 읊었습니다.

그때 사람들이 얼마나 놀랐는지는 상상에 맡기겠습니다. 우리는 비밀을 공유하게 된 어린아이들처럼 뿌듯한 기분이 들었습니다.

그 후 나는 평소보다 자주 외출했습니다. 비록 3주나 4주에 한 번뿐이었지만, 그것으로도 충분했습니다. 목사님의 옛 친구인 신사를 비롯해 많은 사람들을 알게 되었습니다. 그리고 될 수 있는 대로 자주 그 집회에 참석했습니다. 원래 내 성격이 사교적인 데다가 그 모임도 내 마음에 꼭 들었기 때문에 항상 즐거웠습니다.

하지만 이 비밀스런 모임의 회원들 중 친첸도르프 백작이 남긴 아름다운 시와 묘사를 이해할 수 있는 사람은 극히 소수에 불과했습니다. 나는 그곳에 모인 사람들이 아무리 많은 구절을 외워도 일찍이 헤른후트 교파의 창시자가 경험했던 그 신비로운 체험을 할 수 없을 것이라고 생각했습니다.

나는 늘 그들과 함께 있었지만, 결코 냉정을 잃지는 않았습니다. 어디까지나 우리의 신앙이 아니라 나의 신앙이라는 사실을 한 번도 잊어버린 적이 없었습니다. 모임은 참석자들이 돌아가면서 자신의 생각이나 견해, 경험 등을 이야기하는 것으로 꾸며졌습니다. 내 차례가 오면 항상 무엇보다도 자신만의 체험이 가장 중요하다고 주장했습니다. 하느님과의 교제라는 이 미묘한 문제는 말이 아닌, 고유의 체험이 제일 중요하다고 생각했기 때문입니다.

한동안 이 같은 비밀 집회의 지적인 즐거움이 계속되었습니다. 하지만 얼마 후 사람들은 자신의 주장을 내세워 새로운 모임을 만들었고, 끝내는 커다란 다툼이 일어났습니다. 사교계가 온통 이번 일로 들썩인 것은 당연한 일이었습니다.

헤른후트 교파를 증오하는 우리들의 목사님도 이 스캔들로 인해 모든 사실을 알게 되었습니다. 자신의 사랑스런 신도들이 이 망측한 이단을 좇고 있었다는 사실에 적잖은 충격을 받은 것 같았습니다. 목사님은 결국 이성을 잃고, 신도들을 방문해 결론이 날 수 없는 논쟁을 시작했습니다. 입에 담기조차 어려운 몸싸움도 있었다고 합니다.

다행히 나의 이름은 끝내 밝혀지지 않았습니다. 왜냐하면 내가 모임의 회원이 된 것은 전적으로 우연이었으며, 그들과 모임은 함께 했어도 인간적인 만남은 갖지 않았기 때문입니다. 목사님은 신도들 중 자신을 배신하지 않은 사람은 아버지와 필로, 그리고 나뿐이라고 생각했습니다.

나는 마음속으로 기뻐하며 끝까지 이번 사건에 참견하지 않았습니다. 왜냐하면 이런 감정싸움은 아무리 종교적인 견해 차이에서 비롯되었다고 하더라도 매우 불쾌한 일이었기 때문입니다. 더구나 한때 친구였던 사람과 신앙이라는 극히 개인적인 소신 때문에 싸운다는 것은 말도 안 되는 일이라고 생각했습니다. 무엇보다도 이런 소모적인 논쟁이 싫었습니다. 쓸데없는 논쟁은 우아하고 고상한 사람들의 정신마저 반감과 증오로 변질시켜버리는 것을 나는 여러 번 경험했습니다. 논쟁은 사람을 극단적으로 만들며, 비논리적으로 사물을 평가하도록 작용한다는 것을 나는 잘 알고 있었습니다.

나는 목사님도 지나치게 흥분했다고 생각했지만, 평소 그분의 신실한 믿음을 잘 알고 있었기에 아무리 나쁜 유언비어가 들리더라도 그분을 마음속 깊이 존경했습니다. 나는 목사님의 성격을 잘 알고 있었습니다. 그래서 왜 그분이 이 사소한 스캔들에 그토록 흥분했는지, 목사라는 직업도 의식하지 않은 채 왜 그렇게 분노할 수밖에 없었는지 이해할 수 있었습니다.

세상에 한 가지라도 약점이 없는 사람은 없습니다. 단지 훌륭한 사람일수록 타인의 시선에서 자유로울 수 없기에 약점이 더 자세히 눈에 들어오는 것뿐입니다. 나는 목사님처럼 훌륭한 분들이 사소한 약점 때문에 희생되는 일이 없기를 바랐습니다. 나는 궁정 목사님을 훌륭한 분이라고 생각하며 존경해왔습니다. 나만이라도 중립을 지켜 이 싸움이 그치기를 소원했습니다. 내게 얼마만큼의 힘이 있었는지는 모르겠습니다. 그런데 하느님이 나의 기도를 들으셨는지, 어느 날 아침에 사건의 해결을 위해 목사님을 당신 곁으로 부르셨습니다. 바로 어제까지만 해도 그분을 비난하던 많은 사람들이 관 속에 누운 그분을 보며 눈물을 흘렸습니다. 그분과 논쟁하던 사람들 중에 목사님의 인품과 신앙을 의심하는 사람은 한 명도 없었습니다.

그 무렵 나는 헤른후트 교파와 어느 정도 거리를 두기로 결심했습니다. 이 뜻하지 않은 분쟁으로 나 또한 상처를 받은 것 같았습니다.

숙부는 여동생의 결혼을 위해 모든 준비를 마치셨습니다. 숙부는 지위도 있고, 재산도 상당한 청년을 동생에게 소개했습니다. 그리고 누구나 예상했던 것처럼 동생을 위해 엄청난 지참금을 아낌없이 내놓았습니다. 아버지는 숙부의 계획에 기꺼이 찬성했습니다. 동생은 이미 오래 전부터 이 같은 운명을 기다렸기에 아무런 의심 없이 숙부의 의견을 따랐습니다.

결혼식은 숙부의 별장에서 치러졌습니다. 우리 가족을 비롯한 많은 친구들이 초대되었습니다. 우리들은 오래간만에 기쁜 표정으로 동생의 행복을 빌었습니다.

나는 여태껏 이렇게 훌륭한 저택을 본 적이 없었다고 생각합니다. 숙부의 고상한 취미와 그가 고용한 이탈리아 출신의 건축가, 그리고 숙부가 평생 동안 모은 수집품들에 대해서는 어린 시절부터 익히 들어왔지만, 그 모든 것들은 나의 상상을 훨씬 뛰어넘을 만큼 아름다웠습니다.

저택에 첫발을 내딛는 순간, 나는 그 엄숙하고 조화로운 아름다움에 흠뻑 빠져 입이 다물어지지 않았습니다. 마치 그리스 시대의 기하학적인 신전을 처음 방문한 어리석은 백성처럼 그 찬란한 인상에 넋을 놓았습니다. 사실 나는 조각상이나 호사스런 장식을 별로 좋아하지 않았는데, 그곳만은 예외였습니다. 벽에 걸린 초상화마저 세속의 때를 벗은 듯 고풍스런 멋이 있었습니다. 바닥에 깔린 카펫은 구름 위를 걷는 듯 세속의 잡념을 깨끗이 씻어주었습니다.

결혼식은 화려했고, 성대한 연회는 우리가 기대했던 것

이상으로 풍요로웠습니다. 조용하지만 색다른 품위와 상쾌함이 느껴지는 만찬이 이어졌습니다. 나는 무엇보다도 이 모든 준비를 숙부 한 분이 계획하고 준비했다는 데에 감탄했습니다. 숙부가 직접 준비한 결혼식과 만찬은 우리 고장에서 경험했던 저속한 무도회와는 비교할 수 없을 만큼 황홀했습니다. 그 아름다운 예식에 교만이나 허례 같은 것은 감히 찾아볼 수도 없었습니다.

결혼식은 생각보다 차분히 진행되었습니다. 목사님은 그 아름다운 부부에게 결혼의 신성함이 무엇인지 정확하게 이해시켰습니다.

나는 필로와 함께 서 있었습니다. 그는 내게 축하 인사를 건네는 대신, 깊은 한숨을 쉬며 이렇게 말했습니다.

"동생 분이 신랑에게 반지를 끼워줄 때 나는 끓는 물을 뒤집어쓴 것 같은 기분이 들었습니다."

"왜요?"

내가 묻자 필로는 이렇게 대답했습니다.

"결혼식을 보면 항상 그런 기분이 든답니다."

나는 그 얘기를 웃어넘겼지만, 가끔 필로를 볼 때마다 그

말이 떠오르곤 했습니다.

결혼식에는 젊은 사람들도 많이 참석했지만, 누구도 품위를 잃지 않았습니다. 명랑한 분위기 속에서 이토록 엄숙할 수 있다는 것이 믿어지지 않을 정도였습니다. 식탁과 식탁보, 식기와 음식 모두가 최고급이었습니다. 하지만 결코 천박하지 않았습니다. 음식은 맛과 모양이 완벽하게 조화를 이루고 있었습니다. 마치 이 저택의 건축가가 주방에서 음식을 만든 것은 아닐까 하는 생각마저 들었습니다.

손님들은 며칠 동안 그곳에 머물며 결혼식을 축하했습니다. 숙부는 우리들을 위해 여러 가지를 배려했습니다. 나는 그곳에서 처음으로 사람들이 많이 모여도 주인이 지혜롭다면 충분히 즐거울 수 있다는 사실을 깨달았습니다.

숙부는 손님을 어떻게 대접해야 하는지 잘 알고 있었습니다. 먼저 몇몇 사람들을 초청해 젊은 손님들을 위해 춤과 마차 드라이브, 그리고 간단한 카드놀이 등을 준비했습니다. 젊은 사람들은 모두들 야외를 좋아했기 때문에 숙부는 아름답게 손질된 정원과 커다란 정자도 개방했습니다. 그 큰 정자에서 젊은 손님들은 자유롭게 거닐며 대화도 나누고, 또 승마와

포커를 즐겼습니다. 숙부는 정자만으로는 부족할지 몰라 판자와 천으로 작은 건물을 만들었는데, 어찌나 품위 있던지 꼭 대리석으로 만든 것처럼 보였습니다.

그밖에도 나이 든 손님들을 위해 사냥터를 준비했고, 실내에서 조용히 즐길 수 있는 카드놀이, 그리고 간단한 산책을 즐길 수 있는 후원을 마련했습니다. 또 사람들의 방해를 받지 않고 대화를 나눌 수 있는 공간도 준비했습니다. 그리고 일찍 잠자리에 드는 사람들을 위해 별채의 침실도 준비되었습니다.

숙부의 빈틈없는 배려로 그곳은 행복한 낙원이 되었습니다. 하지만 숙부의 별장은 결코 큰 성城이 아니었습니다. 만약 그곳의 주인이 다른 사람이었다면, 그토록 많은 사람들이 아무런 불편 없이 몇 주일씩 머물 수는 없었을 것입니다.

아름다운 미소를 대할 때처럼 주인의 따스하고 성실한 배려를 맛볼 수 있는 곳에서 생활하는 것도 참으로 기분 좋은 일입니다. 나를 위해 깔끔히 정돈된 집을 방문했을 때, 가령 장식품이나 음식이 신통치 않더라도 상관없습니다. 주인의 마음가짐만으로도 손님은 충분히 감격하는 것입니다. 아무리 누추한 집이라도 교양 있는 주인의 대접이 있다면 진수성찬

123

이 차려진 화려한 무도회보다 훨씬 더 값지다는 것을 나는 그곳에서 알게 되었습니다.

숙부의 그 아름다운 별장은 이 모든 조건에 완벽하게 맞아떨어졌습니다.

나는 지금까지 미술에 관한 많은 책을 읽어왔고, 필로 역시 그림을 아주 좋아해서 많은 작품들을 소장하고 있었습니다. 한때 나는 화가가 될 생각으로 그림을 그린 적도 있었습니다. 하지만 내 성격이 지나치게 한 가지 감정만 고집하는 바람에 그림은 늘 전체적으로 너무 뚜렷했고, 주의가 산만한 편이라 구도나 색채가 많이 뒤떨어진다는 평가를 받곤 했습니다.

그런데 숙부가 평생 수집한 작품들을 감상하면서 나는 그제야 진정한 미술이 무엇인지 새롭게 눈을 떴습니다. 비로소 미술의 근본을 깨닫게 된 것입니다. 마치 숲 속에서 울려 퍼지는 꾀꼬리의 노랫소리와 교회의 성가대가 부르는 4부합창의 차이를 구별할 수 있게 된 기분이었습니다.

나는 그런 모든 경험을 숙부에게 숨김없이 이야기했습니다. 다른 손님들이 각자의 취미대로 즐거운 시간을 보낼 때면 숙부는 항상 나를 불러 이야기를 나누곤 했습니다. 숙부는 그동안 수집한 미술품과 아름다운 저택을 칭송하는 나를 보며 재미있다는 듯이 웃기만 했습니다. 하지만 작품에 대한 이야기가 나오면 그 의미를 아주 정확하게 짚어냈습니다. 숙부의 안목은 대단했습니다. 수집한 작품 중 의미가 없는 그림은 단 한 점도 없었습니다. 숙부는 그림 외에도 그 저택의 유래와 그곳에 모인 손님들에 관한 이야기를 들려주었습니다. 특히 나의 신앙에 많은 관심을 나타내며, 오랫동안 서로의 의견을 주고받았습니다.

언젠가 숙부는 이런 말을 꺼냈습니다.

"만약 우리들이 조물주의 손으로 지은 피조물이라면, 인간의 삶이 단지 피조물의 모습으로 한동안 이 세상에 나타났다 사라지는 것에 불과하다고 가정한다면, 과연 인생의 진실이란 무엇을 뜻하는 것일까? 조물주가 자신의 형상대로 피조물을 창조했다는 성서의 구절을 읽을 때마다 이런 생각이 든단다. 우리들의 영혼 속에 신의 호흡이 담겨 있는 것이 사실이라면, 우리들은 이미 완벽한 존재들이라는 것이지. 인간이라는 개념과 신이라는 개념은 결코 모순되는 관계가 아닐 거야. 만에 하나 우리들이 신을 닮지 않았다든가, 혹은 신을 떠나 새

125

로운 존재로 거듭났다고 할지라도 오직 이 한 가지 진실만은 변할 수 없다는 얘기지. 우리를 유혹하는 악마의 변호인[18]처럼 인간의 본성이나 결점만을 들춰낼 것이 아니라 오히려 우리가 신의 피조물이 확실하다는 증거를 찾아보는 게 훨씬 더 소득이 있을 거라는 생각을 하게 된단다. 어쩌면 이것이야말로 우리들이 이 세상에 태어난 첫 번째 의무일지도 모르지."

나는 미소를 지으며 대답했습니다.

"숙부님은 저를 생각해서 이런 말씀을 하시는군요. 저는 다만 부끄러울 뿐이에요. 지금 숙부님이 하신 말씀은 제겐 무척 중요한 문제예요. 그냥 숙부님이 하고 싶은 이야기를 들려주세요. 제가 알아들을 수 없다면 다시 여쭤볼게요."

그러자 숙부는 한동안 내 눈을 바라보더니 천천히 말씀하셨습니다.

"지금 말한 그대로란다. 나는 다른 사람의 기분을 생각해

---

18) 성자聖者의 자격을 심사하는 재판에서 그 후보자의 약점이나 결점을 들추며 비난하는 역할을 맡은 자를 '악마의 변호인'이라고 불렀다. 반대로 후보자의 장점을 변호하는 역할을 맡은 사람은 '신의 변호인'이라고 불렀다.

서 내 의견을 바꾸지는 않아. 그것은 상대방을 무시하는 것밖에 되질 않지. 인간의 가장 위대한 본능은 환경에 적응하려는 의지라고 생각한다. 물론 인간은 남의 지배를 받기보다는 남을 지배하고 싶은 욕망이 더 큰 존재이긴 하지. 우리가 살아가는 이 세계는 커다란 대리석이라고 할 수 있어. 그저 대리석일 뿐이야. 하지만 이 대리석을 건축가가 발견한다면 훌륭한 건물의 기둥이 되겠지.

나는 단지 그런 차이에 불과하다고 생각한다. 건축가는 우연히 맞닥뜨린 이 자연의 덩어리에서 하나의 영감을 받고, 그 영감에 의해 자신의 손을 놀릴 뿐이야. 인생이란 바로 이런 거다. 우리들을 둘러싸고 있는 세계, 그리고 우리 안에서 꿈틀대는 세계, 이것은 그저 재료에 지나지 않아. 하지만 그 재료를 가지고 무엇을 창조할지는 우리가 결정해야만 한다. 그 능력이 우리의 영혼일 수도 있어. 이 거대한 본성이 우리들을 인도하는 거란다. 이 본성을 만족시키기 전까지 인간은 결코 인생을 쉽게 할 수 없을 거야.

어쩌면 네가 택한 길이야말로 가장 훌륭한 길인지도 모른다. 너는 이 본성을 그리 중요하게 생각하지 않으니까. 네가 구하는 신앙이 우릴 구원할 수 있기를 바란다. 하지만 욕망에 시달릴 수밖에 없는 인간의 본성을 이해하고, 용서하는 것도 필요하단다. 우리가 이처럼 문명의 혜택을 누릴 수 있는 것도 다 이 욕망 덕분이니까. 이 점을 무시해선 안 돼."

이런 대화가 계속되는 동안 나와 숙부는 점점 더 친밀해졌습니다. 어느 날 나는 숙부와 이 문제로 대화하던 중 좀더 쉽게 이야기해도 상관없다고 말했습니다. 그러자 숙부는 슬며시 입가에 미소를 띠며 이렇게 말씀하셨습니다.

"아니, 그건 네가 잘못 생각하고 있는 거란다. 내가 너의 생각이나 행동을 칭찬했다고 해서 너를 인정한다고 생각해선 안 돼. 나는 다만 자신의 목표를 의지하며, 끝없이 전진하는 사람들을 존경할 뿐이다. 그 목적이 무엇이든 나는 상관하지 않아. 너도 세상을 살다 보면 느끼겠지만, 결과는 아주 사소한 것에 지나지 않는단다.

가끔 나는 인간의 불행에 대해 고민하곤 한단다. 세상 사람들이 악이라고 말하는 것에 대해서도 생각해본 적이 많다. 대부분 인간이 저지르는 죄악은 게으르고, 목적도 없고, 아무런 대책 없이 다만 어디론가 달려가려고만 할 때 벌어지곤 하지. 그런 사람들은 탑을 세우자, 이 탑만 세우면 다 해결된다고 떠들면서도 정작 그저 뒷짐을 지고 서서 사람들의 뒷모습만 구경하는 인간들이지.

그런 사람들보다는 분명 네가 훨씬 더 훌륭하다고 생각한다. 그 점에 대해서는 의심할 필요가 없지. 너는 이미 네가 원하는 목표를 위해 많은 것을 희생했다. 네게 가장 중요한 것을 위해 너는 약혼자와의 사랑도 포기했고, 사회적인 명예도 떨쳐버렸지. 이건 아무나 할 수 있는 일이 아니야."

나는 이렇게 대답했습니다.

"숙부님은 제가 희생한 것처럼 말씀하시지만, 저는 가끔 이런 생각을 한답니다. 사랑하는 아버지를 위해 제단에서 양을 잡는 것만으로도 자식은 도리를 다했다고 생각하지요. 하지만 하느님은 우리의 수고를 그저 당연한 것으로 여기실지도 모르는 일이죠. 그분이 우리에게 베푼 은혜와 비교한다면 저의 삶은 보잘것없는 어린 양에 불과합니다. 그리고 무엇보다도 저의 선택은 희생이 아니었어요. 누군가를 위해 희생한다는 것은 숙명입니다. 그것은 선택과는 달라요."

숙부는 다음과 같이 말했습니다.

129

"어떤 목적을 위해 다른 목적을 감수한다는 것은, 그것이 비록 선택일지라도 어디까지나 자신이 감당해야 할 희생이라고 본다. 그 선택을 명령하는 것이 이성이든 감정이든 혹은 하느님이든, 가장 중요한 것은 네가 그 길을 선택했다는 분명한 사실이다. 나는 결단이 가장 중요하다고 생각한다. 물건과 돈을 동시에 가질 수는 없어. 돈을 낼 생각이 없다면 물건을 탐내선 안 돼. 마찬가지로 물건을 샀다면 돈을 지불해야 하지. 물건을 사고 돈을 지불한 다음 후회하는 것이야말로 가장 어리석은 행동이야. 하지만 나는 그런 사람들을 비난할 생각은 없다. 왜냐하면 그가 왜 그렇게 생각할 수밖에 없었는지 나로서는 알 수 없기 때문이다. 그가 원래 그런 성격인지, 아니면 주변 환경이 좋지 않았기 때문인지 내가 판단할 수는 없단다. 인간의 삶이 바로 이렇단다. 목적이 좋아도 결과가 나쁠 수 있고, 과정이 나빠도 결과가 좋을 수 있단다. 나이가 들수록 무엇이 진실인지 헷갈리는구나.

인간보다 때로는 환경이 더 큰 힘을 발휘할 때가 있다. 예를 들어 무능력한 남편은 시골보다 도시에 많고, 작은 고장보다 큰 도시에 더 많은데, 대체 왜 그런 걸까? 이유는 아주 간단해. 인간은 좁은 환경에서 살도록 창조된 거야. 인간은 아주 사소한 문제만 해결할 수 있어. 인간은 간단한 도구나 사용해야지, 만에 하나 거대한 능력을 갖게 된다면 오히려 그 능력에 지배될 수 있어. 인간은 넓은 곳으로 나오기만 하면 자신이 무엇을 원했는지, 무엇을 하고 있었는지 잊어버린단다. 목적이 많을수록 인생은 여러 갈래로 찢겨지지. 또 그 목적이 너무 고상하거나, 감당할 수 없을 만큼 품위가 있으면 그만 일을 시작하기도 전에 쓰러져버린단다. 자신이 감당할 수 없는 일을 맡는 것은 불행한 경우란다."

숙부는 계속해서 말했습니다.

"진지하지 못한 것은 결코 세상에서 성공할 수 없단다. 그런데 소위 교양인이라는 사람들은 하나같이 진지하지가 않아. 그들이 노동이나 상업, 혹은 예술, 오락에 집착하는 것은 자기 자신을 방어하기 위해서야. 노동을 위해서도 아니고 장사를 위해서도 아니야. 한 뭉치의 신문을 읽어버리듯이 인생을 살아가지. 그런 사람들을 볼 때마다 나는 로마에서 만난 어느 젊은 영국인이 생각난단다. 그는 '오늘 성당 여섯 군데와 화랑 둘을 팔았지요.' 라고 자랑스럽게 이야기했어. 무엇을 팔았고, 왜 팔았는지는 자기도 잘 모르는 것 같더군. 죽을 때까지 이런 강박관념에서 벗어나지 못하는 사람도 많단다. 인간은 아무리 공기를 들이마셔도 배가 부를 수 없다는 사실을 쉽게 인정하지 못한단다. 단지 입으로 공기를 들이마셨으니 배가 불러야 한다고 생각할 뿐이지. 나는 처음 만나는 사람에게 항상 어떤 일을 하고 있는지, 왜 그 일을 하게 됐는지 반드시 물어본단다. 그리고 이 물음에 대한 대답을 듣고서야 아, 이 사람은 이런 사람이구나 하고 생각한단다."

나는 웃으며 말했습니다.

"숙부님은 너무 엄격하신 것 같아요. 과연 자신을 그렇게 정확하게 인식할 수 있는 사람이 얼마나 될까요? 만약 그들이 나중에라도 숙부님께 도움을 청하면 어떻게 하실 건가요?"

숙부는 한동안 생각하더니 이렇게 대답했습니다.

"하지만 나는 그들을 이해할 수 있단다. 젊은 시절 나를 시시포스처럼 괴롭게 만든다는 것도 모르고 억지로 연회에 초청한 사람들이 많았지. 다행히도 나는 이제 그런 사람들과는 손을 끊었어. 만약 그런 사람들이 내게 접근하면 나는 아주 정중히 거절하지. 자신을 잘 모르는 사람일수록 타인에 대한 관심이 많단다. 그들은 카드놀이를 하면서 국제 문제에 대해 떠들고, 학문이 날이 갈수록 천박해진다느니, 예술가들이 하나같이 경박하다느니, 요즘 시인은 고통을 모른다느니 하며 쉴새없이 불평을 늘어놓지. 스스로에 대한 불만 때문에 세상을 비관적으로 본다는 것을 생각지도 않는단다. 그들은 문학이 무엇인지, 예술을 창조하는 데 어떤 고통이 필요한지 꿈에도 모를 거다. 이제 이런 이야기는 그만 하자꾸나. 지금은 남을 비난하고 불평할 때가 아니니까."

숙부는 벽에 걸린 갖가지 그림들을 내게 설명해주었습니다. 그림마다 각각의 주제가 선명하게 배어 있는 것 같았습니다. 숙부는 나와 함께 그림들을 감상한 후 이렇게 말했습니다.

"이런 작품을 창조한 천재들을 생각해봤니? 너는 오직 자연을 만드신 하느님의 손길만 기대하지만, 한번쯤은 이 모방자들의 손길도 기억해줬으면 좋겠구나."

그리고 숙부는 볼품없는 그림 한 점을 가리켰습니다. 숙부는 예술작품의 가치와 품위는 미술사美術史가 아닌 그림과 직접 마주치는 우리들 스스로가 결정하는 것이라고 강조했습니다. 숙부는 한 명의 화가를 이해하려면 그의 모든 작품을 시대별로 감상하는 습관을 길러야 한다고 말했습니다. 그의 재능을 인정하려면 몇 세기 동안 이어져 내려온 모든 화풍과 양식에 대해 그 화가만큼 알지 않으면 안 된다는 점도 강조했습니다.

숙부는 그런 생각을 바탕으로 아름다운 작품을 수집했던 것입니다. 숙부가 수집한 작품들을 나란히 보여주었을 때 내 눈앞엔 인간이 닿을 수 있는 가장 높은 덕목이 한 편의 아름다운 비유처럼 펼쳐지는 것 같았습니다. 곧바로 그런 내 생각을 이야기하자 숙부는 이렇게 대답했습니다.

"네가 말한 것도 일리는 있구나. 이 그림들을 보렴. 모두 화가의 영혼이 스며 있단다. 하지만 그 고통은 인간이 받아들일 수 있는 한계를 뛰어넘지. 고독은 인간을 아름답게 만들지만, 대신 인간을 고통스럽게 만들기도 한단다. 무조건 수양에 전념하는 것만으로는 뭔가 부족하단다. 보다 높은 곳을 보고 싶다면 인간의 관능적인 면도 충분히 이해할 수 있어야 해. 하늘을 날아볼 생각이라면 어디서부터가 지상인지 알고 있어야지. 단지 그것이 불순하다는 이유만으로 배척하다간 오히려 자신도 모르게 유혹당하는 수가 있어. 자신이 얼마나 높이 올

134 Goethe, Johann Wolfgang von

라왔는지를 깨닫지 못한다면 추락은 그만큼 더욱 고통스러운 법이야."

숙부의 말씀이 나를 빗대놓고 하신 것은 아니라고 생각했습니다. 하지만 내가 탐독한 헤른후트 교파의 찬송가들은 비속하진 않았지만, 위대한 예술작품처럼 인간의 영혼이 스며든 노래가 없었던 것은 사실입니다. 게다가 내가 좋아하는 종교화 중에는 숙부에게 인정받을 만한 작품은 단 한 점도 없었습니다. 나는 왠지 내가 무척 천박했다고 생각되었습니다.

필로는 늘 서재에 있었는데, 가끔 나를 그곳으로 데리고 갔습니다. 우리는 숙부의 서재를 가득 채운 책들이 하나같이 훌륭한 양서라는 사실에 놀라움을 금치 못했습니다. 책 또한 그림을 수집하는 안목으로 선별해놓은 것 같았습니다. 책마다 인간이 이룩한 인식의 한계와 인생의 질서가 의미 있는 문체로 쓰여 있었습니다. 문득 이런 책만 읽어도, 내가 도달한 인식과는 다른 길이었겠지만, 서로 비슷한 경험을 하게 될지도 모른다는 생각이 들었습니다.

지금까지 내 나름대로 헤아릴 수 없을 만큼 많은 책을 읽어왔습니다. 이 세상에 내가 모르는 책은 거의 없을 정도라고 자부했었습니다. 그런데 이제 숙부의 숨겨진 서재에 들어서니 내가 얼마나 좁은 세계에 갇혀 지냈는지 알 것 같았습니다. 나는 아직도 내가 이해하지 못한, 아니 대면조차 할 수 없었던 세계가 존재했다는 사실이 너무나 즐거웠습니다.

그곳에서 아주 매력적인 신사 한 사람과 알게 되었습니다. 그의 직업은 의사였는데, 자연과학에 상당한 재능이 있었습니다. 오래 전부터 숙부의 말벗으로 함께 지냈지만, 사실상 가족이나 다름없었습니다. 이 신사는 가끔 우리들에게 그동안 애써 수집한 표본들을 보여주곤 했습니다. 그는 자물쇠가 잠긴 유리 진열장에 표본들을 가지런히 쌓아놓았는데, 고풍스런 그 진열장은 수집품이 아니라 어떤 조각상 같다는 느낌이 들 정도로 품위가 있었습니다.

그 신사가 수집한 표본들을 보고 있자니 어린 시절 생각이 났습니다. 이제 막 철이 들기 시작한 딸에게 아버지는 갖가지 진귀한 물건들로 병상에 누워 있는 지루함을 달래주었던 것입니다. 이번에는 노년의 외로움을 홀로 견뎌내야 하는 아버지를 위해 내가 이 수집품들을 보여드리고 싶었습니다.

우리는 자주 대화를 나눴습니다. 언젠가 종교적인 문제

로 가벼운 의견을 나눈 적이 있었는데, 그때 나는 그의 종교관
이 나와 매우 비슷하다는 것을 알게 되었습니다. 그는 숙부를
무척 존경하는 것처럼 보였습니다. 늘 숙부처럼 관대하고, 인
간의 본성과 가치를 훌륭히 이해하는 사람은 드물다는 말을
자주 꺼냈습니다. 나 또한 숙부가 개인적인 자만심이나 배타
적인 편협한 마음을 누구보다 증오한다는 사실을 잘 알고 있
었기에 그의 말에 고개를 끄덕였습니다.

　　동생의 결혼식을 보면서 숙부는 눈물을 글썽였습니다.
우리가 머무는 동안 숙부는 동생 부부와 그들의 아이들을 위
해 무엇을 계획하고 있는지 내게 여러 번 말했습니다. 숙부는
영지 몇 군데를 직접 관리하고 있었는데, 더욱 확장시켜 조카
들에게 물려줄 생각을 하고 있었습니다. 우리가 머물던 별장
은 숙부에게 특별한 의미가 있는 곳이었습니다. 숙부는 가끔
이런 말씀을 했습니다.

　　"나는 이곳을 가꾸고 존중할 줄 아는 사람에게 물려줄
생각이야. 이 아름다운 대지를 자신의 것으로 삼을 수 있는 사
람만이 이 땅의 주인이 될 자격이 있어. 내가 죽은 후 이곳을
물려받게 될 사람은 독일에서 귀족이 어떤 삶을 살아야 하는

가를 보여주게 될 거야."

손님들이 하나둘씩 떠나기 시작했습니다. 우리들도 숙부와 작별할 준비를 하고 있었습니다. 하지만 숙부의 선물이 아직 하나 더 남아 있었습니다.

나는 동생의 결혼식 중에서 무반주 합창에 가장 큰 감명을 받았습니다. 그리고 그 감동을 숙부에게 말하지 않고는 못 견딜 것 같았습니다. 어느 날 나는 숙부에게 무반주 합창이 결혼식 장면에서 가장 아름다웠다고 말하며, 한 번 더 들을 수 없겠느냐고 물었습니다. 하지만 숙부가 별다른 반응 없이 다른 말을 꺼내기에 나도 더 이상 이야기하지 않았던 것입니다. 우리가 떠나기 전날 밤, 숙부는 나를 부르더니 깜짝 놀랄 이야기를 했습니다.

"이젠 더 이상 무도곡을 듣지 않아도 되겠군. 혈기왕성한 젊은 친구들도 다 돌아갔으니 당분간은 이곳도 다시 적막해지겠군. 신혼부부는 이삼 일째 서로 눈도 안 마주치더구나. 어쩌면 우리들은 두 번 다시 못 만날 수도 있어. 또 만난다 하더라도 이런 즐거운 상황이 계속 될지 알 수 없는 일이야. 이렇게 헤어지기가 아쉽구나. 아무래도 너와 작별하기 위해서는

Goethe, Johann Wolfgang von

그 무반주 합창을 한 번 더 들어야 할 것 같다."

　숙부는 그동안 합창단 인원을 늘려 우리들 몰래 연습시키고 있던 것입니다. 다음날 아침 합창단은 4부합창과 8부합창을 연달아 불렀습니다. 마치 천상의 음조가 지상에 내려온 것 같은 황홀한 심정이었습니다.

　사실 나는 음악에 무지한 편이었습니다. 주변에서 들을 수 있는 음악은 교회 성가대의 찬송가뿐이었습니다. 그들은 쉰 목소리로 숲의 새처럼 하느님을 찬송한다는 망상에 빠져 있었습니다. 그 때문에 주일 아침마다 내 귀가 얼마나 괴로워했는지 모릅니다. 무도회의 싸구려 춤곡이나, 제대로 연습하지 않은 성가대의 비명소리만 듣다가 인간의 영혼을 울리는 아름다운 하모니를 듣고 있자니, 인간 세계를 구경나온 천사들을 만난 것 같은 기분이 들었습니다.

　우리의 만남이 금반지였다면, 이 아침을 풍요롭게 만드는 저 천상의 화음은 아름다운 다이아몬드였습니다. 인간의 목소리가 이토록 정신적일 수 있다는 것을 나는 처음으로 경험한 것입니다. 사색도 필요 없었고, 후회나 고독도 필요 없었습니다. 그저 조용히 눈을 감고, 화음을 좇기만 하면 우리의 영혼은 평안을 누릴 수 있었습니다.

　출발하기 직전, 우리들은 또 다른 선물에 감동했습니다. 숙부는 한 번도 본 적이 없는 정교하게 세공된 헤른후트 교파의 십자가를 선물했습니다. 나는 숙부의 배려에 또 한 번 감격했습니다. 그 십자가는 커다란 다이아몬드 밑에 매달려 있었는데, 숙부는 그 다이아몬드가 자신이 가장 아끼는 보석이었다고 말했습니다. 그리고 그 다이아몬드가 헛되지 않게 부디 아름답게 살아가라고 당부했습니다.

　동생은 남편과 함께 그들의 새로운 영지로 떠났습니다. 우리들도 무사히 집으로 돌아왔습니다. 다시 예전의 생활이 반복되었습니다. 모두들 숙부의 별장에서 겪은 신비한 여행에 대해서는 아무 말도 하지 않았습니다. 너무나 행복했기에 그것이 꿈인지 현실인지 구분이 안 되었던 것입니다. 우리는 각자의 추억을 소중히 여기며 새로운 삶을 향해 걸음을 내디뎠습니다.

　숙부의 별장에서 겪은 동생의 성대한 결혼식과 숙부가 보여준 많은 경험이 늘 머릿속에서 지워지지 않았습니다. 숙

Goethe, Johann Wolfgang von

부는 우리 집을 찾을 때마다 자신이 가장 아끼는 미술품 중 몇 점을 골라 나에게 선물했습니다. 그리고 내가 충분히 감상했다고 판단되면 다른 작품을 보내주곤 했습니다. 하지만 그 위대한 그림들은 처음 만났을 때와 비교하면 아무래도 그 감동이 줄어드는 것 같은 느낌이 들곤 했습니다.

솔직히 말하자면, 나는 그때 내 의견을 정리해 나와 비슷한 생각을 가진 사람들과 공유하는 데 정신이 팔려 숙부가 애써 선물한 작품들을 주의 깊게 감상할 여유가 없었습니다. 눈으로는 화폭을 뒤덮은 선과 색을 좇아갔지만, 내 머릿속은 온통 다른 생각뿐이었습니다. 더군다나 내겐 한 가지 나쁜 습관이 있었는데, 그것은 유화든 동판화든 구별하지 않고 무조건 책을 읽듯 감상하는 버릇이었습니다.

예쁘게 인쇄된 책을 손에 넣는다는 것은 물론 기쁜 일입니다. 하지만 아름답게 인쇄된 책을 갖기 위해 책을 사는 사람은 없습니다. 인쇄야 어떻든 간에 그 안의 내용을 읽고 싶은 것입니다. 마찬가지로 나는 조형미나 예술성보다는 화가가 무엇을 표현하고 싶어했는지가 더 중요했습니다. 그것을 잘 알고 있던 숙부는 그림을 보낼 때마다 해설을 적은 편지를 동봉했지만, 나는 내 나름대로 판단한 감상을 떨쳐버릴 수 없었습니다.

이런 생활은 내게 큰 만족을 주었습니다. 나는 실로 오래간만에 삶을 즐겼습니다. 낯선 사람들과 함께 같은 생각을 펼친다는 것도 매혹적이었고, 숙부를 통해 내가 쉽게 접근할 수 없었던 문화적인 소양을 기르는 것도 즐거운 일이었습니다. 하지만 얼마 후 생각지 못한 불행이 내 삶을 덮쳐오면서 나는 또다시 절망해야 했습니다.

아직 결혼하지 않은 동생은 지금까지 나를 도와 집안일을 도맡아왔습니다. 동생은 병약한 나와 달리 건강했고 침착했으며, 말할 수 없이 성품이 고와 내게 단 한 번도 불평을 한 적이 없었습니다. 덕분에 나는 나이 든 아버지를 돌보는 데 전념할 수 있었습니다.

그런데 어느 날 동생이 갑자기 카타르에 걸렸습니다. 며칠이면 완쾌될 것으로 생각했지만, 이윽고 폐질환으로 번져 3주 만에 세상을 떠나고 말았습니다. 동생의 죽음은 내게 너무나 큰 충격이었습니다. 그 견딜 수 없는 상처가 아직도 내 영혼에 남아 있습니다.

동생의 장례가 끝나기도 전에 나는 충격을 이기지 못하고 병상에 드러눕고 말았습니다. 어린 시절 앓았던 폐질환이 재발한 것 같았습니다. 쉴새없이 기침이 나고, 말이 안 나올 정도로 목이 아팠습니다.

결혼한 동생도 그 충격으로 유산을 하고 말았습니다. 이제는 병색이 완연한 아버지는 연달아 이어지는 슬픔에 목이 메어 멍하니 천장만 바라보셨습니다. 그 와중에도 아버지는 항상 우리들을 걱정하셨습니다. 아버지의 눈물을 보니 가슴이 미어지는 것 같았습니다. 나는 단 며칠이라도 좋으니 부디 건강을 회복하게 해달라고 하느님께 매달렸습니다. 아버지가 세상을 떠나기 전에 내가 먼저 죽는 일이 없게 해달라고 간절히 기도했습니다. 다행히 나는 조금씩 회복되었습니다. 그제야 나의 의무를 다할 수 있었습니다.

얼마 후 동생은 다시 임신했습니다. 나는 돌아가신 어머니를 대신해 동생을 돌보았습니다. 아버지께는 말씀드리지 않았지만, 동생은 남편과 그다지 사이가 좋지 못했습니다. 하는 수 없이 나는 두 사람을 화해시키느라 진땀을 흘리곤 했습니다. 다행히 제부弟夫와 나는 무척 사이가 좋았습니다. 덕분

143

에 제부는 나의 말이라면 무조건 들어주었습니다.

사실 두 사람 모두 착하고 성실했기 때문에 늘 얼마 지나지 않아 서로를 이해했습니다. 하지만 두 사람은 그 이후로도 툭하면 다투었습니다. 두 사람 모두 자기주장이 너무 강해 서로에 대한 배려가 부족했던 것입니다. 어쩔 수 없이 나는 날마다 두 부부를 쫓아다녀야 했습니다.

동생은 마침내 아들을 낳았습니다. 아버지는 병환을 무릅쓰고 동생을 위로하러 오셨습니다. 손자를 보자마자 아버지는 눈물을 흘렸습니다. 그 어린 생명에게 자신의 남은 생명을 건네듯이 아이의 이마를 어루만지며 조용히 노래를 불렀습니다. 조카의 세례가 있던 날, 아버지의 얼굴에는 그동안 볼 수 없었던 비장함마저 서려 있었습니다. 한쪽 눈으로는 다가올 내세를 기다리고, 또 다른 눈으로는 이제 막 생명이 꿈틀대기 시작한 어린 손자의 미래를 지켜보는 것 같았습니다.

아버지는 돌아오는 길에 계속 손자에 대한 이야기를 되풀이하셨습니다. 그 아이를 위해서라면 남은 생명은 아깝지 않다는 말을 계속하셨습니다. 집에 돌아와서도 며칠 동안 그 이야기만 하셨습니다. 그제야 우리는 아버지가 열병에 걸렸다는 것을 눈치챘습니다. 다행히 오한은 없었지만 쉽게 지쳤고, 몸도 무척 불편한 것 같았습니다. 하지만 아버지는 끝내 자리에 눕지는 않았습니다.

그날 이후 아버지는 집안일을 정리하기 시작했습니다. 더불어 당신의 죽음도 준비했습니다. 마치 남의 일처럼 당신의 장례식에 초청할 손님과 절차를 차분히 설명했습니다.

모든 준비가 끝나자 아버지는 평소와 달리 무척 활기찬 표정이었습니다. 어느 날 아침, 아버지는 나를 보며 이렇게 말씀하셨습니다.

"나는 얼마 전부터 죽는다는 게 무척 두려웠단다. 너희들을 두고 가야 한다는 게 여간 신경 쓰이는 게 아니었어. 하지만 이젠 두렵지가 않구나. 죽음이 대체 왜 무서웠던 것일까? 내 곁엔 자비로운 하느님이 계시다. 무덤에 갇힌다는 것쯤은 조금도 두렵지 않아. 나는 단지 왔던 곳으로 되돌아갈 뿐이야. 이제 나는 영원히 사는 거란다."

얼마 후 아버지는 세상을 떠났습니다. 임종 때의 표정은 말할 수 없이 행복해 보였습니다. 그때 일을 추억하는 것이 외로운 삶 속에서 찾을 수 있는 유일한 기쁨이었습니다. 나는 지금도 확신하고 있습니다. 아버지가 돌아가시던 그 순간, 아버지는 하느님의 손길을 붙잡으셨습니다.

사랑하는 아버지의 죽음으로 내 생활은 완전히 바뀌었습니다. 더 이상 엄격한 복종이나 구속은 없었습니다. 나는 자유로웠습니다. 나는 한동안 새롭게 부여된 자유를 마치 오랫동안 굶주렸던 것처럼 허겁지겁 맛보았습니다. 어제까지 단 두 시간도 쉽게 외출할 수 없었지만, 지금은 하루 종일 외출하는 날이 많아졌습니다. 친구들도 매일 찾아왔습니다. 우리는 순번을 정해 친구들을 저녁식사에 초대했습니다.

가끔 친한 사람들끼리 마차를 타고 꽤 먼 곳으로 산책을 나가곤 했는데, 나는 특별한 일이 없는 한 그 모임에 반드시 참석했습니다.

하지만 그런 시간도 조금씩 지루해지기 시작했고, 나는 자유란 그저 헤아릴 수 없이 계속되는 행복이 아니라 자신이 옳다고 생각하는 것을 위해 언제든 스스로를 포기할 수 있는 믿음이라는 것을 알게 되었습니다. 그리고 이제 어느 정도 나이를 먹은 덕분에 수업료도 치르지 않고 이런 훌륭한 신념을 깨닫게 된 데 만족했습니다.

나는 하루빨리 헤른후트 교파의 신도들을 만나 새로운 교제를 시작하고 싶었습니다. 그들만이 나의 진정한 동료라고 생각되었습니다.

우선 급한 마음에 근처에 있는 교파의 한 조직을 방문했습니다. 하지만 그곳에서 만난 사람들은 내 기대에서 완전히 벗어난 인물들이었습니다. 그들은 내가 생각했던 것처럼 믿음이 확고한 경우가 드물었습니다. 사람들은 나의 생각이나 의견을 그리 중요하게 여기지 않았습니다. 입만 열면 교단과 비교하면 이곳은 아무것도 아니라는 말만 되풀이했습니다. 나는 말없이 그저 듣기만 했습니다. 나는 아무리 적은 수가 모여도 올바른 신앙만 있다면 크기와는 상관없다고 생각했습니다.

그곳에 있던 한 성직자는 친첸도르프 백작의 제자였습니다. 그 사람은 영어실력이 대단했는데, 나도 영어는 조금 할 줄 알았습니다. 그는 이 공통점이 우리 두 사람을 하나로 묶는 징표라는 말을 자주 했습니다. 그런 생각은 전혀 하지 않았던 나는 그저 웃어 넘겼지만, 별로 친해지고 싶지 않았습니다. 그는 매렌 출신의 도공ㄲㅗ이었는데, 그래서인지 사고방식도 수공업자와 비슷했습니다.

나는 오히려 프랑스군에서 소령으로 근무했다는 폰 L씨가 훨씬 마음에 들었습니다. 하지만 군대생활이 몸에 배어서인지 상급자에게 복종하는 태도가 나를 불편하게 했습니다. 뿐만 아니라 소령 부인을 비롯한 많은 사람들이 친첸도르프 백작의 제자라는 성직자의 손에 키스하는 것을 보고, 나는 따귀라도 한 대 맞은 것처럼 멍해졌습니다. 그들이 네덜란드의 어느 교단을 방문하자고 의논했지만, 다행히 실행되지 않아 얼마나 마음이 놓였는지 모릅니다.

그 사이 동생은 딸을 낳았습니다. 이번에는 우리 여자들끼리 모여 이 아이를 어떻게 키워야 할지 의논했습니다. 그런데 다음해에 동생이 또 딸을 낳자 제부는 몹시 실망하는 눈치였습니다. 그는 상속받은 영지가 많았는데, 이 넓은 토지를 관리하자면 아들이 필요했던 것입니다.

나는 다시 건강이 좋지 않아 될 수 있는 대로 조용히 지냈습니다. 혼자 뜰을 거닐며 사색하는 것이 유일한 외출이었습니다. 이런 규칙적인 생활 덕분에 몸은 그럭저럭 건강을 유지할 수 있었습니다.

이 무렵, 나는 늘 죽음에 대해 생각했습니다. 사실 나는 죽음이 두렵지 않았습니다. 힘든 일이 생길 때마다 오히려 죽음을 간절히 바랐습니다. 나는 인생이란 하느님이 인간을 시험하는 것이라고 생각했습니다. 당신에게 좀더 가까이 다가올 수 있도록 시간을 허락하는 것에 지나지 않는다고 여겼습니다. 이런 생각으로 나는 쉽게 잠들지 못했습니다. 그때마다 나는 부족한 글 솜씨를 원망하곤 했습니다.

어느 때부터인가 영혼은 육체와 상관없이 스스로 행동하는 것 같았습니다. 내 영혼은 마치 사물을 바라보듯 나의 삶을 내려다보고 있었습니다. 나의 영혼은 육체의 삶을 조용히 추억했고, 다가올 미래를 예측했습니다. 미래도 과거와 마찬가지로 한없이 이어지는 시간일 뿐입니다. 언젠가 육체는 낡은 옷처럼 닳아버릴 것입니다. 하지만 나의 영혼만큼은 이 모든 수레바퀴에서 벗어나 자유롭게 날아다닐 것입니다.

나는 이런 생각으로 가끔 불행하게만 여겨지는 내 삶을 위로하곤 했지만, 어떤 친구는 더 이상 이런 생각에 빠져서는 위험하다고 충고했습니다. 그 친구란, 지난날 동생 결혼식 때 숙부의 별장에서 만난 그 의사였습니다. 그는 가끔 우리 집을 방문해서 나의 건강과 정신 상태를 관찰하곤 했습니다.

그는 나의 생각을 듣고는, 감정이 외부와 차단되어 내면으로 침잠되면 언젠가는 인간의 영혼을 잠식하여 존재의 근거를 뒤엎어버릴지도 모른다고 경고했습니다.

그는 차분한 어조로 내게 말했습니다.

"활동이란 생명을 부여받은 인간의 첫 번째 사명입니다. 간혹 휴식도 필요하지만, 휴식이란 내가 어디까지 걸어왔는가를 확인하는 단계에 불과합니다. 이 단계를 통해 인간은 다시 어느 지점까지 걸어가야 한다는 것을 깨닫게 되는 거죠."

이 다정하고 사려 깊은 친구는 내가 육체를 외부의 사물로 보려는 습성이 있다며 조심해야 한다고 말했습니다. 그는 내가 오랫동안 병을 앓은 끝에 웬만한 의사만큼 의학적인 지식이 있다는 것에 무척 놀라는 눈치였습니다. 그는 내가 너무 정신세계에만 갇혀 있다고 생각했습니다. 그래서인지 나를 찾아올 때마다 이런저런 화제를 준비해 잠시 휴식을 취할 수 있도록 도와주었습니다.

나는 이 친구를 통해 내 영혼뿐 아니라 주변에서도 하느님을 찾을 수 있게 되었습니다. 나는 이 새로운 경험에 얼마나 기뻤는지 모릅니다. 모든 세계가 하느님의 섭리로 지어졌다는 것은 참으로 흥미로운 현상이었습니다. 무엇보다도 하느님의 손길로 나의 숨결이 지속된다는 사실에 감사했습니다.

동생은 다시 아기를 가졌습니다. 우리들은 이번에는 아들이기를 고대했습니다. 제부도 무척 기대하고 있었습니다. 하지만 슬프게도 그는 새로운 아이의 탄생을 지켜볼 수 없었습니다. 착하고 성실한 제부는 불행히도 말에서 떨어져 죽고 말았습니다. 동생은 슬픔 중에 아들을 낳곤, 곧 사랑하는 남편의 뒤를 따랐습니다.

동생이 남긴 네 아이들을 보니 불쌍해서 견딜 수가 없었습니다. 그렇게도 건강하던 사람들이 늘 병에 시달리는 나보다 먼저 세상을 떠났다는 것이 믿기지 않았습니다. 나는 이 불쌍한 생명들을 지켜주고 싶었습니다. 나는 나름대로 세상의 풍파가 얼마나 거센지 잘 알고 있었습니다. 특히 이 아이들이 자라날 상류사회가 얼마나 위험한 곳인지 누구보다 잘 알고 있었습니다. 더구나 그런 위험은 내가 어렸을 때보다 더욱 심해진 것 같았습니다.

다만 걱정스러운 것은 내 몸이 건강하지 못해 이 아이들을 위해 아무것도 해줄 수 없다는 점이었습니다. 다행히 숙부가 이 아이들을 가르치고 돌보겠다는 말씀을 하셨을 때 나는 너무나 감사했습니다.

　동생이 남긴 네 아이들은 숙부가 직접 가르칠 만한 가치가 있었습니다. 모두 잘생겼고, 성격은 각각 달랐지만 어느 아이나 착하고 총명했습니다.

　나는 이 아이들이 성장하는 것을 지켜보면서 혈통에 대해 다시 한 번 자각하지 않으면 안 되었습니다. 내가 어렸을 때부터 아버지는 조상들의 초상화를 소중히 보관하고 있었습니다. 그리고 매년 비슷한 시기에 가족의 초상화를 그려 보관하곤 했습니다. 나는 이 그림들을 통해 우리 가족의 특성을 한눈에 알 수 있게 되었습니다. 가끔은 가족의 특성이 어떻게 변화하는지 확인해보기도 했습니다.

　나는 어린 시절의 추억을 떠올리며, 그 아이들의 용모나 성격을 친척들과 비교해보기로 했습니다. 먼저 큰아들은 할아버지를 닮은 것 같았습니다. 할아버지의 젊은 시절 초상화가 숙부의 방에 걸려 있었는데, 그분은 아주 용감한 장교였다고 합니다. 큰아이는 그 할아버지를 닮아서 총을 무척 좋아했습니다. 그래서 나는 그 아이가 우리 집에 올 때마다 아버지의 총을 꺼내주곤 했습니다. 처음에는 권총 한 자루만 쥐어줬지만, 얼마 안 가 권총 한 자루와 아버지가 아끼던 엽총 한 자루까지 모두 건넸습니다. 그 아이는 해가 질 때까지 하루 종일 총을 만지작거리며 놀았습니다. 그렇다고 성격이 난폭하거나 거칠지는 않았습니다. 오히려 얌전하고 조용했으며, 늘 친절했습니다.

나는 동생의 큰딸을 가장 사랑했습니다. 아마도 그 아이가 넷 중에서 나를 가장 많이 닮았고, 또 따랐기 때문일 것입니다. 하지만 성장할수록 그 아이는 나와 정반대되는 성격으로 자라났습니다. 이 사랑스런 조카딸은 인간이 지닐 수 있는 모든 아름다운 감정과 풍부한 정신을 타고난 것 같았습니다. 가끔은 그 아이의 눈망울을 볼 때마다 부끄럽다는 생각이 들곤 했습니다.

큰딸은 하루 종일 단 한시도 멍하니 손을 놓고 있는 법이 없었습니다. 그 아이의 손이 닿는 것마다 새롭게 태어났습니다. 때와 장소를 가리지 않았고, 무슨 일이든 개의치 않았습니다. 또 아무것도 할 일이 없을 때면 조금도 서두르지 않고 차분히 앉아 있었습니다. 그 아이의 성격 중 나를 가장 놀라게

153

한 것은 아주 어렸을 때부터 가난한 사람이나 의지할 데 없는 사람들을 늘 불쌍히 여겼다는 점입니다.

솔직히 말하자면, 나는 타인을 위해 기도할 수는 있어도 그를 대신해 무엇인가 해줄 수는 없었습니다. 물론 나도 가난한 사람들에게 아낌없이, 때로는 감당할 수 없을 만큼 베푼 적도 있었습니다. 하지만 그러기 위해서는 타당한 이유가 있어야 했습니다. 즉 내게 도움을 청할 수 있는 사람은 거의 대부분 내가 잘 아는 사람들뿐이었습니다.

그런데 기특하게도 조카딸은 나와 정반대였습니다. 조카딸은 결코 가난한 사람들에게 돈을 주지 않았습니다. 가난한 사람들에게 필요하다며 내게 돈을 달라고 조른 적이 많았지만, 직접 돈을 건네진 않았습니다. 반드시 필요한 물건으로 바꿔서 주는 것이었습니다. 조카딸은 수시로 나의 옷장을 뒤지곤 했는데, 그때처럼 그 아이가 귀엽게 보인 적은 없습니다. 항상 내가 입지 않는 옷을 골라 다시 손을 보고는 필요한 사람들에게 나눠주는 것이 조카딸의 가장 큰 즐거움이었습니다.

작은 조카딸은 성격부터 큰아이와 달랐습니다. 그 아이는 자기 어머니를 많이 닮았습니다. 아주 아름답고 애교 있는 여성으로 자라날 것 같았습니다. 본인도 자신이 아름답다는 것을 무척 자랑스러워했습니다. 작은 조카딸은 항상 옷에 관심이 많았고, 아주 어렸을 때부터 남의 눈에 띄는 것을 좋아했습니다. 내가 어머니에게서 물려받은 진주 목걸이를 우연히 발견한 후 어찌나 조르는지 하는 수 없이 목걸이를 아이에게 걸어주었습니다. 아직도 어린아이에 불과했던 소녀가 거울에 비친 자기 모습을 보고 얼마나 기뻐했는지 나는 지금도 또렷이 기억하고 있습니다.

이처럼 아이들의 성격과 미래를 생각하며 내가 남긴 물건들이 그 아이들의 손으로 넘어가 각자의 성격에 맞게 다시 태어날 것을 생각하면 저절로 입가에 미소가 번집니다. 아마도 아버지의 엽총은 큰조카의 어깨에 메어져 또 한 번 산과 들을 뛰어다니게 되고, 아버지의 낡은 사냥 주머니에서는 다시 새들이 쏟아져 나올 것입니다. 또 나의 헌옷들은 다시 고쳐져 가난한 소녀들의 성찬식에 쓰일 것입니다. 어느 얌전한 직공과 가난하지만 순수한 처녀의 결혼식을 장식하게 될지도 모릅니다. 다만 아쉬운 것은 나탈리에(큰 조카딸의 이름입니다)가 나와 달리 하느님에 대한 관심이 거의 없다는 점이었습니다.

마찬가지로 작은 조카딸이 내가 남긴 진주와 보석으로 치장하고, 내가 처음 궁정에 나가던 날과 똑같이 설레는 흥분을 안고 무도회장을 거니는 모습을 상상했습니다. 나는 이미 이 세상에 없겠지만, 나의 추억이 새겨진 물건들은 새로운 추억을 만들 것이라고 생각하자 나도 모르게 눈물이 날 것 같았습니다.

아이들은 아무 탈 없이 자라났습니다. 기쁘게도 모두 건강하고 아름답고 착한 아이들이었습니다. 숙부는 될 수 있는 한 나와 그 아이들을 멀리 떼어놓으려고 했지만, 나는 숙부의 마음을 충분히 이해할 수 있었습니다. 이 소중한 아이들이 나처럼 힘겨운 삶을 선택하지 않기를 늙은 숙부는 기대하고 있었을 것입니다. 그래서 나도 아이들이 내가 사는 고장에 머물 때도 웬만해선 만나주지 않았습니다.

숙부는 아이들을 낯선 프랑스 출신의 목사에게 맡겼습니다. 사내아이들은 대도시에서 교육을 받았고, 두 명의 조카딸은 기숙학교에 입학했습니다.

나는 사실 숙부의 이런 교육방법에 불만이 많았습니다. 가뜩이나 부모도 없는 아이들인데, 형제들끼리 멀리 떼어놓는 것이 마음에 들지 않았습니다. 하지만 나중에 그 의사가 자세한 내막을 알려주었습니다. 숙부는 교육을 통해 인간을 변화시키고 싶다면 먼저 그 아이가 어떤 소질을 갖고 있는지, 또 어떤 희망을 안고 있는지 정확하게 알아야 한다, 그리고 어떤 분야에 대한 소질이 발견되면 최대한 빨리 적합한 교육을 시작해야 한다고 생각했던 것입니다.

숙부는 그 프랑스 목사를 통해 한 가지 사실을 깨달았는데, 그것은 아이들의 교육은 빨리 시작할수록 좋다는 것입니다. 만에 하나 그 교육이 아이의 적성에 맞지 않더라도 언제든지 다른 방법을 찾을 수 있기 때문입니다.

나는 숙부의 이 색다른 시도가 성공하기를 간절히 바랐습니다. 그처럼 착하고 총명한 아이들인 만큼 반드시 좋은 결과가 있을 것입니다.

다만 한 가지 아쉬운 점은 이런 교육을 통해 아이들은 분명 총명해지고, 누구보다 명석한 두뇌를 갖게 되겠지만, 무엇보다 중요한 자기 자신의 삶과 하느님에 대한 지식은 갖출 기회가 없어지는 것입니다. 나는 숙부가 이 모든 것을 잘 알고 있음에도 이런 방법을 고집하는 데 화가 났습니다. 아니, 더

나아가 숙부는 아이들이 나와 같은 길로 빠지게 될까봐 두려워하고 있었습니다. 숙부는 남의 이야기는 잘 들어주고 쉽게 인정했지만, 막상 자신이 그 길에 맞닥뜨리게 되면 누구보다 세속적인 선택을 하는 분이었습니다. 숙부는 자신의 방법에 내가 반대할 것을 알고는 나를 아이들에게서 멀리 떼어놓았던 것입니다.

나는 숙부의 마음을 이해했고, 조금은 불쌍한 생각도 들었습니다. 하지만 아이들을 볼 수 없다는 것은 가슴 아픈 일이었습니다. 게다가 내가 가장 확신하는 신앙 때문에 이 아이들을 만날 수 없는 것입니다. 하지만 나는 후회하지 않았습니다. 내 인생은 하느님을 만났기에 간절해졌고 진실해졌으며, 삶의 가장 아름다운 부분을 깨달을 수 있었습니다. 나는 교회가 아니라, 혹은 성직자를 통해서가 아니라 바로 실재하는 이 삶에서 하느님을 필요로 했습니다. 구원이나 심판 같은 거창한 교리가 아닌, 바로 오늘의 삶에서 하느님을 만나고, 그분을 찾았던 것입니다. 하느님은 내가 가장 고통스러울 때 내게 손을 내미셨습니다. 가장 가까운 가족조차 나의 고통을 외면했을 때 오직 그분만이 내 영혼의 눈물을 닦아주셨던 것입니다.

나는 인간의 삶을 구속하는 계율에 대한 지식은 없습니다. 계율이나 윤리, 혹은 관습에 부닥쳐 내 삶을 포기했던 적도 없습니다. 나를 인도하고, 바른 길로 이끌어주는 것은 오직 나의 본능이었습니다. 나는 한없이 자유롭습니다. 왜냐하면 내 마음이 원하는 것을 거역하지 않기 때문입니다. 나는 그 무엇에도 구속받지 않았고, 내가 선택한 삶의 길을 후회하지 않았습니다. 다행스럽게도 나는 이 삶에서 하느님을 만났고, 그분의 은혜로 행복할 수 있었습니다. 이런 특권이 모두에게 주어지지 않는다는 사실을 나는 잘 알고 있습니다. 그 때문에 하느님이 베푸신 은혜를 생각할 때마다 늘 겸손한 마음으로 무릎을 꿇습니다.

　만약 보다 높은 힘이 우리들을 지켜주지 않았더라면, 그 고통의 시간 속에 한 줄기 빛이 스며들지 않았더라면 내가 지금 무엇을 보고, 어떤 생각을 하고 있을지 감히 상상조차 할 수 없습니다. 앞으로 내게 주어질 생애를 이 하루의 삶처럼 감사하며 살아갈 작정입니다. 내게 남은 사명이 오직 이것뿐이라는 사실을 잘 알고 있기 때문입니다.

Goethe, Johann Wolfgang von

미뇽 이야기

II

Goethe, Johann Wolfgang von

미뇽 이야기

빌헬름은 여행 가방을 등에 메고 말에 올라탔다. 상쾌한 공기가 그의 가슴 한켠을 스치고 지나갔다. 그는 느긋하게 말에 기대어 눈앞의 산악지대를 향해 천천히 출발했다. 앞으로 그곳에서 며칠 동안 머물며 해야 할 일들이 있었다.

빌헬름은 참으로 오랜만에 느껴보는 푸근한 정감에 더없이 만족했다. 그는 아름다운 경치를 즐기며 몇 개의 골짜기를 넘었다.

지붕처럼 머리 위를 덮은 절벽과 경쾌한 왈츠처럼 여울목을 흐르는 냇가, 이끼가 낀 낭떠러지, 깊디깊은 골짜기와 이름 모를 나무들로 둘러싸인 숲은 태어나 처음 보는 광경이었다. 빌헬름은 줄곧 도시에서 자라난 탓에 어린 시절부터 인간의 손이 닿지 않은 이런 산악지대를 여행하는 것이 꿈이었다. 마침내 그토록 원하던 풍광을 접하게 되니 자신도 모르게 감탄사가 절로 나오며, 지금까지 알게 모르게 그를 괴롭혔던 모든 고통스런 심사가 깨끗이 사라지는 것 같았다.

빌헬름은 상기된 표정으로 자신이 즐겨 외우는 시들을 읊기 시작했다. 그중에서도 빌헬름은 특히 「충실한 목자」[1]라는 시를 무척 좋아했는데, 인간이 범접할 수 없는 황막한 자연과 맞닥뜨리게 되자 저절로 이 시를 읊조리게 되는 것이었다.

빌헬름은 여행하는 동안 몇 편의 시를 적어놓은 게 있었다. 그는 조용히 자신이 쓴 시를 읊조렸다. 그리고 눈앞에 펼쳐진 광대한 경관과 과거에 만났던 많은 사람들을 대비시켜 보았다. 순간, 자신의 앞날에 아주 놀랄 만한 사건이 기다리고 있다는 확신이 들었다. 자신의 운명을 변화시킬 만큼 중대한

---

1) 16세기 이탈리아에서 활동한 시인 과리니의 연극에 나오는 시. 당시 독일에서 많이 읽혔다.

일이 지금 당장 벌어질 것만 같아 가슴이 두근거렸다.

복잡한 시장 골목을 벗어나자 한 채의 허름한 여관이 보였다. 그곳은 이미 많은 사람들로 무척 북적거리고 있었다. 여관은 누추했지만, 빌헬름은 활기찬 분위기에 마음이 끌려 그곳에 잠시 묵기로 했다.

여관 입구에는 건장한 사내들이 곡마단의 줄타기 곡예사와 마술사, 계집아이들의 물건을 나르느라 정신없이 바빴다. 그들은 방금 이곳에 도착했는데, 잠시 후 광장에서 공연할 계획이었다. 그들 중 몇몇은 여관주인과 다투었고, 또 어떤 패거리들은 서로 상스러운 욕지거리를 주고받으며 자못 험악한 기세로 싸울 듯이 보였다. 이들의 대화는 대부분 걸쭉한 속어들이었고, 듣기 거북한 말들이 많았다.

빌헬름은 이런 광경에 놀라 이 여관에 묵을 것인지, 아니면 다른 곳으로 발길을 돌려야 할 것인지 한참을 망설였다. 그러다가 자신도 모르게 시장 한복판에 있는 광장에서 힘들게 공연장을 세우는 일꾼들을 바라보았다.

빌헬름은 결국 이곳에 머물기로 작정했다. 그는 이런저

런 생각을 하며 자신이 지낼 방으로 가기 위해 계단을 올라갔
다. 그때 맞은편에서 한 아이가 깡충거리며 뛰어내려왔다. 빌
헬름은 그 아이의 옷차림이 하도 괴상해 한참을 살펴보았다.

그 아이는 여기저기 기운 흔적이 잔뜩 나 있는, 스페인풍
의 소매가 달린 비단 조끼와 길게 주름이 잡힌 바지를 입고 있
었는데, 그런 옷매무새가 이 아이의 유별난 행동과 잘 어울리
는 것 같았다. 치렁치렁하게 자라난 검은 머릿결은 여러 갈래
로 묶여 있었다.

빌헬름은 이 꼬마의 행색이 꽤나 우스웠다. 하지만 옷차
림만으로는 사내아이인지 계집아이인지 도저히 분간할 수가
없었다. 얼굴 생김새를 보고서야 빌헬름은 이 아이가 여자아
이라는 것을 알게 되었다.

그는 자신을 피해 계단을 내려가는 소녀를 붙들고, "안
녕!" 하고 인사를 건넸다. 아마도 곡마단에서 춤을 추거나, 어
릿광대를 도와 흥을 돋우는 역할을 하고 있을 것이라는 생각
이 들었다. 소녀가 아무 대답도 않자 빌헬름은 다시 한 번 웃
으며 "너 어디 사니?" 하고 물었다.

하지만 이번에도 아이는 대답대신 날카롭게 빛나는 검

은 눈으로 빌헬름을 쏘아보더니 부리나케 주방으로 달려가버
리는 것이었다.

광장은 수많은 사람들로 발 디딜 틈조차 없었다. 건물의
창이란 창마다 구경꾼들이 얼굴을 빼곡히 내밀고 있었다.

맨 먼저 괴상한 복장을 한 어릿광대가 구경꾼들에게 인
사를 했다. 그는 시시껄렁한 우스갯소리로 흥을 돋우며 사람
들의 주의를 끌었다. 이어서 어린아이 두서너 명이 등장했다.
아이들은 기묘한 동작으로 몸을 구부리거나 뒤집어 사람들을
놀라게 했다.

빌헬름은 그 아이들 중에 방금 계단에서 마주친 소녀가
있는 것을 발견했다. 연약해 보이는 몸으로 힘든 곡예를 하는
것을 보자 가슴속에서 동정심이 끓어올랐다.

아이들이 곡예를 끝내고 퇴장하자 날렵하게 생긴 공중
곡예사들이 등장했다. 그들은 처음에는 한 명씩 공중제비를
돌더니, 나중에는 서로 교대로 번갈아가면서 어려운 공중곡
예를 보여주었다. 그리고 마지막엔 모두 함께 앞뒤로 공중제
비를 돌며 광장을 몇 바퀴씩 돌았다. 곡마단의 곡예가 끝나자

광장에 모인 사람들은 박수를 치며 즐거워했다. 창문가에서 지켜보던 사람들도 질세라 휘파람을 불어댔다.

빌헬름은 자신과 함께 창가에서 곡예를 구경하고 있던 필리네[2]에게 말했다.

"저 친구들 정말 대단한데요. 시시한 재주라도 조금씩 자주 보여주니까 재미있군요. 특히 어린아이들의 곡예가 볼만했어요. 아마 저기 모인 사람들 중 절반은 저 아이들을 보고 왔을 거예요."

어느덧 무대를 대신하던 천막도 철거되고, 광장은 다시 한적한 일상으로 되돌아갔다. 사람들도 뿔뿔이 흩어져 그나마 잠시 활기를 띠던 거리는 인적이 뜸해졌다. 빌헬름은 좀 전에 계단에서 마주쳤던 소녀가 길거리에서 놀고 있는 아이들의 모습을 부러운 듯 구경하는 것을 발견하고는 필리네에게 바로 저 아이입니다, 라고 알려줬다. 필리네는 재미있다는 듯

---

2) 빌헬름이 여관에서 만난 여배우.

한번 웃어 보이고는 소녀에게 말을 걸며 손짓했다. 하지만 소녀가 머뭇거리자 천천히 콧노래를 흥얼거리며 계단을 내려가 그 아이를 데려왔다.

"자, 여기 당신이 풀고 싶은 수수께끼를 데려왔어요."

필리네가 아이를 데리고 들어오면서 소리쳤다.

소녀는 의심스런 눈초리로 그들을 살펴보더니 언제든지 밖으로 빠져나갈 태세로 문간에 기대어 섰다. 빌헬름이 웃으며 무언가를 말하려 하자 소녀는 오른손을 가슴에, 왼손을 이마에 대고 공손히 절을 하는 것이었다.

"그렇게 겁낼 것 없다."

빌헬름은 소녀에게 천천히 다가가며 입을 열었다. 소녀는 여전히 머뭇거리다가 불안한 시선으로 빌헬름을 바라보며 두서너 걸음 더 가까이 다가왔다.

"이름이 뭐지?"

빌헬름이 물었다.

"다들 미뇽이라고 불러요."

"몇 살이지?"

"아무도 가르쳐주지 않았어요."

"아버진 어디 계시니?"

"커다란 악마[3]는 죽었어요."

깜짝 란 필리네가 자신도 모르게 큰 소리로 외쳤다.

"정말 한 아이로구나!"

빌헬름이 두 녀 가지 더 물어보았으나, 소녀는 서투른 독일어로 무슨 뜻인 알아듣기 힘든 말만 되풀이했다. 하지만 묘하게도 말투는 했다. 소녀는 빌헬름의 질문에 대답할 때마다 양손을 가슴과 리에 얹고 공손히 절을 했다.

빌헬름은 다시 한 번 녀를 찬찬히 살펴보았다. 어찌 된 영문인지 소녀가 게 느껴지지 않았다. 그의 눈과 마음은 주체 없을 만큼 이 수수께끼 같은 소녀에게 빨려들고 있었다. 빌헬름은 소녀의 나이가 적어도 열둘 아니면 열셋쯤 되었을 거라고 짐작했다. 나이에 비해 체격은 꽤 발달되어 있었지만, 손발이 너무 연약해 보여 앞으로 더 성장할 수 있을지, 아니면 더 이상 성장할 수 없을 만큼 시달리고 있는지 쉽게 가

---

3) 미뇽을 납치한 곡마단 단장.

늠할 수가 없었다.

얼굴은 일반 가정집 아이들처럼 반듯하다고는 할 수 없지만, 나름대로 매력이 있었다. 무엇보다도 이마에 매우 신비로운 기운이 서려 있어 빌헬름의 눈길을 끌었다. 콧날은 조각처럼 아름다웠고, 입술은 나이에 비해 무척 성숙해 보였다. 가끔 버릇처럼 아랫입술의 한쪽만 지그시 깨물곤 했는데, 그 모습이 결코 심술궂게 보이지 않았다. 소녀는 전체적으로 그지없이 순수해 보였다. 다만 화장 때문에 갈색이 도는 얼굴빛은 알아볼 수 없었다. 그는 소녀의 맨 얼굴이 무척 궁금했다.

소녀의 심상치 않은 용모는 빌헬름의 마음에 깊은 인상을 남겼다. 그는 아무 말 없이 살며시 미소만 지으며 소녀를 바라보았다. 얼마 후 필리네는 자신이 먹던 과자를 소녀에게 건네주며 이제 나가도 좋다는 눈짓을 보냈다. 그제야 빌헬름은 정신이 들었다. 소녀는 방금 전과 마찬가지로 인사를 하더니 날랜 여우처럼 밖으로 뛰어나갔다.

이튿날 빌헬름은 친구들과 함께 마차를 타고 꽤 먼 곳까지 여행을 떠났다. 그들은 근처 사냥꾼의 집을 빌려 한 시간

정도 춤을 춘 후 저녁을 먹고 돌아올 예정이었다. 빌헬름은 여관으로 돌아가서 어제 봤던 그 곡마단의 공연을 함께 구경하자고 제안했다.

빌헬름과 라에르테스[4]는 필리네와 함께 춤을 추었다. 필리네의 춤 솜씨가 워낙 뛰어나 춤에 관심이 없던 빌헬름도 무척 즐거워했다. 빌헬름이 한 번도 정식으로 춤을 배운 적이 없다고 말하자 필리네와 라에르테스는 그에게 요즘 유행하는 춤을 가르쳐주었다.

이렇게 놀다 보니 예정보다 조금 늦게 여관에 도착했다. 이미 줄타기 곡예사들의 공연이 중간쯤 진행되고 있었다. 광장에는 어제보다 더 많은 구경꾼들이 모여 있었다. 그런데 이들 세 명이 막 마차에서 내리는 순간, 여관 쪽에서 큰 소동이 벌어진 것 같았다. 길거리에서 공연을 구경하던 사람들이 빌헬름이 묵고 있는 여관 앞으로 모여들었다.

빌헬름은 어찌 된 영문인지 몰라 사람들을 헤치고 여관

---

4) 필리네와 같은 순회연극단의 남자배우로서 펜싱의 달인.

입구로 뛰어갔다가 눈앞에 펼쳐진 광경을 보고 깜짝 놀랐다. 험상궂게 생긴 곡마단 단장이 어제 만난 그 이상한 소녀의 머리채를 휘어잡고 여관 밖으로 끌어내고 있었다. 그는 다른 한 손으로 소녀의 조그만 몸에 채찍을 무자비하게 내려치고 있었다.

빌헬름은 순간 너무나 화가 나 누가 말릴 틈도 없이 단장에게 달려들어 멱살을 쥐고 소리쳤다.

"그 아일 당장 내려놔!"

그러면서 "지금 당장 내려놓지 않으면 가만 안 두겠다!" 하고 으름장을 놓았다.

단장이 험상궂은 눈길로 노려보자 빌헬름은 가차없이 단장의 목을 조였다. 숨이 막혀 아이를 놓친 단장은 잔뜩 화가 나서 채찍을 들어 빌헬름을 내려치려 했다. 그때 싸움 구경을 하던 관중 두서너 명이 단장의 채찍을 빼앗곤 갖은 욕설을 퍼붓기 시작했다.

아무래도 자신이 불리하다고 느낀 단장은 한풀 꺾인 목소리로 여전히 빌헬름에게 욕지거리를 해댔다.

"저 병신 같은 계집아이는 꾀만 살살 부리고 내 말을 듣지 않았다구. 내가 오늘밤 손님들에게 달걀춤을 꼭 보여야 한다고 말했는데도 끝까지 싫다고 떼를 쓰면서 추지 않았단 말이야. 무슨 일이 있어도 오늘은 이 계집아이를 죽여버리고야 말겠어!"

단장은 구경꾼들 속으로 사라진 소녀를 찾기 위해 빌헬름으로부터 몸을 빼내려고 했지만 빌헬름은 사내의 두 팔을 움켜쥔 채 놓아주지 않고 말했다.

"넌 대체 그 아일 어디서 납치한 거냐?" 바른 대로 말해라. 거짓말을 했다간 이 아이를 만나지 못하는 건 물론이고, 너도 그냥 내버려두진 않겠다."

빌헬름은 너무 흥분한 나머지 별다른 생각 없이 그저 아무렇게나 나오는 대로 외친 말이었는데, 지금껏 난폭하게 굴던 단장은 웬일인지 빌헬름의 이 같은 말을 듣자 갑자기 온순해지는 것이었다.

"저런 계집아이는 이젠 나도 더 이상 필요 없소. 저 계집애가 입고 돌아다니는 옷값만 준다면 그 계집애를 당신에게 주겠소. 저 아이가 그렇게 불쌍하다면 오늘 저녁 안으로 담판을 지읍시다."

그러고는 잠시 중단되었던 곡예를 다시 시작했다. 멍하니 싸움 구경을 하던 어릿광대들이 단장의 손짓에 광장 한가운데로 달려나와 몇 가지 시시껄렁한 마술을 보이며 소란해진 관객들을 즐겁게 해주었다.

　　이윽고 주위가 조용해지자 빌헬름은 소녀를 찾아보았지만 그새 어디로 갔는지 보이지 않았다. 지나가는 행인들에게 물어보니 어느 집 지붕 밑에서 보았다는 사람도 있었고, 골목 모퉁이에 있는 술집 지붕 위에 올라갔다며 그 건물을 가리키는 사람도 있었다. 숨을 만한 곳을 모조리 찾아보았지만, 아무데도 없었다. 빌헬름은 단념하곤 그 아이가 스스로 나타날 때까지 기다려보는 수밖에 없다고 생각했다.

　　그날 밤 빌헬름은 곡마단 단장을 찾아가 미뇽을 어떻게 할 것인지에 대해 이야기했다. 단장은 30탈러[5]를 요구했고, 빌헬름은 그 자리에서 사내가 원하는 돈을 지불했다. 그러자

---

5) 당시 통용되던 구식 은화로 1탈러는 약 3마르크에 해당한다.

턱밑에 검은 수염을 기른 이 성질 고약한 이탈리아인은 지금부터 자기와 이 소녀는 아무런 관계도 없다고 떠벌린 후 서둘러 방에서 나가려 했다.

빌헬름이 소녀의 출생에 대해 묻자, 단장은 "커다란 악마로 불리던 우리 형님이 죽은 다음 그 계집애를 내가 맡게 된 거요."라고만 말할 뿐 자세한 내막은 알려주려고 하지 않았다.

이튿날 빌헬름은 아침부터 하루 종일 소녀를 찾았다. 여관 근처 건물을 샅샅이 뒤졌지만, 소녀의 행방은 여전히 알 수 없었다.

소녀는 저녁때가 되어서도 여관으로 돌아오지 않았다. 빌헬름은 소녀가 강물로 뛰어들었는지, 아니면 그와 비슷한 짓을 저지른 건 아닌지 알 길이 없어 애가 탔다.

그 다음날 곡마단 일행은 도착했을 때와 마찬가지로 소란을 떨며 다른 지방으로 떠났다.

점심을 먹은 후 빌헬름과 라에르테스는 거실에서 펜싱 연습을 했다. 바로 그때 미뇽이 살금살금 거실로 들어오는 것이 보였다.

"그동안 어디 숨어 있었니?"

빌헬름은 반가운 마음에 미뇽을 붙잡고 물었다. 그러고는 환하게 웃으며 덧붙였다.

"너 때문에 다들 얼마나 걱정했는지 모른다."

미뇽은 예전처럼 아무런 대답도 하지 않은 채 신비한 눈길로 빌헬름을 멍하니 바라볼 뿐이었다.

"넌 이제 우리하고 같이 다녀야 해. 이분이 널 그 못된 단장놈한테서 샀단 말이야."

라에르테스가 큰 소리로 말했다.

"얼마를 주셨어요?"

담담한 말투로 미뇽이 물었다.

"자그마치 100도카텐[6]이야. 그 돈만 갚으면 넌 자유다."

라에르테스가 대답했다.

그러자 미뇽이 눈을 굴리며 다시 물었다.

"100도카텐이면 큰돈이겠죠?"

"그야 그렇지. 어쨌든 더 이상 힘든 곡예는 하지 않아도

---

6) 이탈리아의 구식 금화로 유럽에서도 통용되었으며, 1도카텐은 독일에서 10마르크의 가치가 있었다.

돼. 앞으로 열심히 살아야 한다."

"네, 무엇이든 분부만 내려주세요. 무엇이든지 열심히 할
게요."

미뇽은 빌헬름과 라에르테스를 따라 웃으며 대답했다.

이때부터 미뇽은 여관 종업원을 따라다니며 빌헬름과
라에르테스의 시중을 들었다. 그리고 다음날엔 종업원에게
자기가 직접 빌헬름 일행의 시중을 도맡겠다고 말했다. 미뇽
은 빌헬름을 위해서라면 무엇이든지 자신이 나섰다. 미뇽이
무척 영리했기에 빌헬름은 조금도 불편하지 않았다. 가끔 하
찮은 실수를 저지르기도 했지만, 그것은 미뇽의 수고에 비하
면 아무것도 아니었다.

미뇽은 저녁마다 세면대 앞에 붙은 거울을 보며 볼이 빨
갛게 부어오를 때까지 열심히 얼굴을 씻었다. 라에르테스가
언젠가 그 이유를 물어봤더니, 얼굴에 생긴 붉은 반점들을 지
우고 싶어 그렇게 날마다 씻는다는 얘기였다. 이 주근깨처럼
생긴 붉은 반점은 미뇽이 곡마단 시절 화장을 지우려고 너무
세게 세수를 한 탓에 생긴 일종의 여드름이었다. 그냥 두면 차
차 지워진다는 라에르테스의 설명을 듣고서야, 미뇽은 얼굴

177

이 빨개질 때까지 세수하는 일을 그만두었다. 미뇽의 얼굴은 약간 홍조를 띠고 있었지만, 여전히 매력적인 갈색을 띠고 있었다.

뜻하지 않게 낯선 고장에서 자유분방한 필리네와 신비로운 미뇽을 만나게 된 빌헬름은 이 색다른 친구들과의 우정에 빠져 이곳에서 당분간 더 머물기로 결심했다. 그는 이제 그만 이곳을 떠나야 한다는 생각이 들 때마다 펜싱과 춤을 더 연마하기 위해서라도 당분간 이곳에 머물 수밖에 없다며 자신의 행위를 변명했다.

곁에서 자세히 미뇽을 관찰하게 된 빌헬름은 보면 볼수록 미뇽의 외모와 행동이 신비롭게만 느껴졌다. 미뇽은 계단을 오르거나 내려갈 때 걷지 않고 반드시 깡충거리며 뛰어다녔다. 때로는 복도 난간 위를 기어다니기도 했고, 순식간에 천장에 매달려 한동안 그렇게 매달린 채 가만히 있기도 했다. 그리고 지나가는 사람들에게 곡마단의 어릿광대가 하듯 두 손을 모아 인사를 하는 것이었다. 특히 빌헬름에겐 전부터 가슴에 손을 모아 인사하고 있었다.

빌헬름은 이 소녀가 도무지 종잡을 수 없는 계집아이라고 생각되었다. 몇날 며칠이고 아무 말도 하지 않을 때도 있었고, 또 가끔은 여러 가지 질문에 곧잘 대답하기도 했다. 하지만 언제나 알아듣기 힘든 대답이었다. 프랑스어와 이탈리아어가 뒤섞인 독일어를 더듬거리며 말했기 때문에 농담으로 하는 말인지, 진심인지를 짐작하기 어려웠다.

미뇽은 아무리 늦게 잠자리에 들어도 동틀 무렵이면 어김없이 일어났다. 그 대신 평소에는 일찌감치 저녁밥을 먹고 빌헬름이 구해준 작은 방에서 잠을 잤다. 그녀는 늘 마룻바닥에 누워 잠을 자곤 했는데, 아무리 피곤하더라도 침대나 매트리스에서는 자려고 하지 않았다.

빌헬름은 미뇽이 세수하는 모습을 자주 보았다. 미뇽이 입고 있는 옷은 두서너 겹씩 작은 천조각을 잇대어서 만든 허름한 옷이었지만, 늘 깨끗한 편이었다.

하루는 필리네에게서 미뇽이 매일 아침 일찍 성당에 간다는 이야기를 듣고, 빌헬름은 어느 날 호기심이 일어 몰래 그녀의 뒤를 밟았다. 미뇽은 조용히 성당 문을 열고 들어가 한쪽 구석에 무릎을 꿇었다. 미뇽은 빌헬름이 자신을 지켜보고 있다는 사실을 전혀 모르고 있었다. 빌헬름은 돌아오는 길에 미뇽의 이해할 수 없는 행동에 대해 이모저모로 생각해봤지만, 분명하게 떠오르는 것은 하나도 없었다.

어느 날 저녁, 빌헬름이 착잡한 마음으로 산책에서 돌아오니 그를 기다리던 미뇽이 계단을 오르는 빌헬름의 발밑을 등불로 비쳐주었다. 미뇽은 빌헬름이 계단을 다 올라올 때까지 등불을 비쳐준 후 오늘밤 자기가 곡마단에서 배운 재주를 아저씨에게 보여드리고 싶다고 말했다. 그는 여러 가지 상념으로 마음이 몹시 괴로워 미뇽과 노닥거릴 심사가 아니었다. 하지만 아무것도 모르는 이 귀여운 소녀의 마음을 다치게 하고 싶지 않아 씁쓸하게 웃으며 고개를 끄덕였다.

얼마 후 미뇽이 빌헬름의 방으로 들어왔다. 미뇽은 겨드랑이에 끼고 있던 카펫을 바닥에 펼쳤다. 빌헬름은 아무 생각 없이 그저 미뇽이 하는 대로 내버려두었다. 미뇽은 양초 네 개를 카펫의 네 모서리에 올려놓고는 작은 바구니에서 달걀을 꺼내기 시작했다. 빌헬름은 미뇽이 보여주겠다는 재주가 무엇인지 대충 짐작할 수 있었다.

미뇽은 일정한 보폭으로 카펫 위를 걸어다니며 군데군

데 달걀을 내려놓고는 문 쪽에다 대고 누군가를 불렀다. 그러자 여관에서 손님들의 부탁을 받고 바이올린을 연주해주는 젊은 악사가 문을 열고 들어와 빌헬름에게 살짝 고개를 숙였다. 그는 바이올린을 들고 한쪽 구석에 자리를 잡았다. 미뇽은 검은 천으로 자기 눈을 가리더니 악사에게 신호를 보냈다. 곧 바이올린 선율이 흐르자 미뇽은 주머니에서 캐스터네츠를 꺼내 두들기며 멜로디와 박자에 맞춰 춤을 추기 시작했다.

미뇽의 춤은 민첩하고 경쾌했다. 또 신속하고 정확했다. 빌헬름은 미뇽이 발을 헛디뎌 달걀을 밟지나 않을까 걱정스러워 자신도 모르게 의자에서 반쯤 몸을 일으켰다. 그러나 미뇽은 신기하게도 카펫에 놓인 달걀을 요리조리 피해가며 능숙하게 춤을 추었다. 미뇽은 여러 종류의 춤을 연달아 추었는데, 어떤 때는 크게, 또 어떤 때는 작게 원을 그리면서 동작을 이어갔다.

마치 태엽이 감긴 시계처럼 미뇽은 한순간도 멈추는 일 없이 몇 번씩 처음부터 같은 동작을 반복하며 눈앞이 어지러울 정도로 춤을 추었다. 이상한 반주에 맞춰 달걀춤이 되풀이됨에 따라 저도 모르게 새로운 감흥을 느낀 빌헬름은 어느덧

181

시름을 잊고 미뇽의 춤에 빠져들었다. 빌헬름은 그녀의 춤에 완전히 매료되어 하루 종일 자신을 따라다니던 모든 근심을 잊고 이 귀여운 소녀의 동작 하나하나를 지켜보았다. 그는 춤 동작 하나하나에 미뇽의 성격이 그대로 드러나는 것 같다고 생각했다.

미뇽의 춤에는 세심함과 냉철함, 그리고 알 수 없는 격렬함이 숨어 있었다. 그 때문에 평온한 동작을 취했을 때도 어딘지 모르게 어떤 엄숙함이 느껴졌다. 자신을 위해 준비한 미뇽의 수고를 보고 있자니, 전부터 마음속에 간직했던 미뇽에 대한 막연한 감상이 한꺼번에 분명하게 드러나는 것 같았다. 그는 이 의지할 데 없는 소녀를 양녀로 삼아 자신의 굳센 팔로 인도해야겠다고 마음먹었다. 이 낯선 소녀에게 부성애를 느낀 것이다. 그는 자신의 애정으로 이 아이에게 인생의 기쁨을 누릴 수 있게 해주고 싶었다.

이런 생각을 골똘히 하고 있는 동안 미뇽의 춤이 끝났다. 미뇽은 여전히 눈을 가린 채 발로 달걀을 굴려 한쪽에 모았으나, 역시 단 한 개도 깨뜨리지 않았다. 그리고 천천히 눈가리개를 풀고 빌헬름에게 인사한 후 악사와 함께 조용히 방을 나

Goethe, Johann Wolfgang von

가려 했다.

빌헬름은 전부터 소문으로만 들어왔던 이 춤을 이런 뜻하지 않은 곳에서 보게 되어 무척 기뻤다. 그는 미뇽에게 고맙다는 말로 답례하고 머리를 여러 번 쓰다듬어주며 진심으로 고마운 마음을 전했다. 그러고는 내일 아침 새 옷을 사주겠다고 말했다. 그러자 미뇽은 이렇게 말하는 것이었다.

"아저씨가 입은 옷이랑 똑같은 색깔로 사주세요."

왜 그런 말을 하는지 알 수 없었지만, 빌헬름은 흔쾌히 약속했다. 미뇽은 달걀을 바구니에 담은 후 카펫을 겨드랑이에 끼고 "뭐 더 도와드릴 일 없으세요."라고 묻고는 문을 열고 밖으로 나갔다.

다음날 아침, 바이올린을 연주한 악사와 마주친 빌헬름은 그간의 사정에 대해 물었다. 악사는 미뇽이 얼마 전부터 고생스럽게 이 춤을 연습했는데, 어제 빌헬름에게 보여준 춤은 스페인의 전통무용인 판당고라고 일러주었다. 악사는 미뇽이 며칠 전 자신에게 판당고에 어울리는 음악을 연주해달라고 부탁하며, 어제 연주한 노래를 가르쳐주었다는 말도 빼놓지 않았다. 악사는 미뇽이 자신에게 얼마 안 되는 돈이나마 연주대가로 지불하고 싶어했다며 미뇽의 착한 마음씨를 칭찬했다. 그 청년은 끝까지 돈을 받지 않았다는 말도 덧붙였다.

어느 날 모두들 식탁에 모여 잡담을 나누고 있는데 여관 주인이 하프를 연주하는 한 노인을 소개했다. 여관주인은 이렇게 말했다.

"이 양반의 하프 실력과 노래솜씨는 틀림없이 여러분들 마음에 흡족할 거예요. 한번 듣게 되면 누구나 이 아름다운 선율을 잊지 못하죠."

사람들은 갑자기 나타난 이 이상한 인물의 모습에 깜짝 놀랐다. 누구 하나 그에게 묻거나 말을 시키지도 않았는데, 어느새 그 노인은 곁에 있던 의자에 앉아 있었다. 머리가 완전히 벗겨진 대머리였고, 정수리 주변만 회색빛 머리카락이 둘러싸고 있었다. 크고 푸른 눈동자는 길고 하얗게 뻗은 눈썹 밑에서 부드럽게 일렁였다. 곧게 솟은 코밑에 허연 수염을 기르고 있었지만, 입술까지 가릴 정도는 아니었다. 훤칠하게 키가 큰 몸을 목덜미에서 발끝까지 짙은 갈색 코트로 휘감고 있었다. 이윽고 노인은 하프를 무릎 위에 올려놓고 전주곡을 켜기 시작했다.

하프에서 울려 퍼지는 부드러운 음색에 사람들은 긴장이 풀어지는 것을 느꼈다.

"할아버지, 할아버지는 평소에 노래도 부르셨죠?"

필리네가 물었다.

"이 답답한 가슴과 머리를 시원하게 적셔주실 만한 노래가 없을까요? 여기 모인 사람들이 갑갑한 육신에서 떠나 천국을 구경하고 올 수 있도록 도와주세요."

빌헬름도 거들었다.

"하프를 연주할 때는 반드시 노래도 함께 불러야죠. 아무 뜻도 없는 멜로디나 음률이 계속되면 자연히 지루해지니까요. 아무리 아름다운 나비일지라도 그저 멍하니 보고만 있으면 그것이 새인지 나비인지 분간할 수가 없어요. 지겹게 반복되는 음률도 마찬가지죠. 하지만 노래는 다르잖아요. 진정 아름다운 노래는 정령처럼 우리 귀를 자극해 하늘 끝까지 함께 올라가보자고 속삭이죠. 나는 그런 노래가 듣고 싶군요."

노인은 지그시 빌헬름을 바라보더니 천장으로 눈을 돌려 하프 줄을 두서너 번 튕긴 후 노래를 부르기 시작했다.

'성문 밖에서 들려오는 저 소리가 대체 무엇이냐?

다리 위를 기어오르는 저 소리는 또 무엇이냐?

이 아름다운 노랫소리를 부디 이 방을 지키는

우리들의 귓가에 영원히 붙들어다오.'

왕의 명령에 시동은 뛰어나갔다.

잠시 후 시동이 돌아왔고, 왕은 떨리는 목소리로 외쳤다.

'그 노인을 당장 이곳으로 보내라.'

'여러분, 다들 그동안 별고 없으셨죠?

하늘에는 벌써 샛별이 떠 있군요.

그 누가 샛별들에게 이름을 붙일 수 있을까요.

장엄하고 화려한 이 거실의 문은

이제 그만 닫아버립시다. 내 놀란 눈망울은

아직 저 아름다운 샛별을 사랑해선 안 되니까요.'

시인은 눈을 감고

하프를 매만졌다.

기사는 날카로운 눈매를 번뜩였고,

아름다운 아가씨는 눈을 감은 채 조용히 듣고만 있었다.

왕은 시인의 노래에 감격했고,

그에게 선물로

황금의 사슬을 하사하도록 명령했다.

'저 같은 시인은 감히 황금의 사슬을 받을 수 없답니다.

부디 이 찬란한 금줄은 용맹한 기사분들에게나 주시기를.

이 사슬들이 아침의 여명에 빛나오면,

빗발치듯 몰아치는 적의 창끝도 그의 가슴을 겨누지는 못하리라.

이것도 싫으시다면, 차라리 왕의 곁에 놓인 저 무거운 짐더미 위에

황금으로 만든 이 쓸모없는 사슬도 올려놓으소서.

나의 노래는 가지의 은총을 구하는

새의 노랫소리.

목청에서 솟구치는 이 노래야말로

나의 영원한 생명이 담긴 진실입니다.

허락하신다면 부디 나의 소원을 들어주소서.

식탁을 장식하는 한 잔의 포도주로

이 메마른 목을 적실 수 있도록 허락하소서.'

시인은 잔을 입에 대고 마셨다.
'오, 나를 위해 사라져간 포도주여.
그대는 나약한 시인을 위한 은혜인가요,
아니면 어느 귀부인의 숨겨둔 저택인가요.
부디 나의 노래를 망각의 강에 흘려버리지 않기를.
인생을 허락하신 분께 감사하시오.
내가 이 한 잔의 포도주에 감사하듯이.'

노래를 마친 노인은 포도주가 담긴 잔을 들었다. 그리고
손님들을 바라보며 만족한 표정으로 천천히 마셨다. 빌헬름
을 비롯한 친구들은 모두 즐거워했다. 어떤 이는 손뼉을 치며
지금까지 노래를 부를 수 있었던 노인의 건강을 축하했고, 또
어떤 이는 앞으로 더욱 건강하기를 기원하며 건배했다. 노인
은 답례로 서사시 형식의 노래 두 편을 하프에 맞춰 연달아 불
렀다.
빌헬름은 노인의 수고에 감사하며, 그에게 두둑한 보수

를 쥐어주었다. 다른 사람들도 얼마씩 돈을 건넸다. 그리고 저녁에 다시 한 번 아름다운 노래를 들려달라고 부탁했다.

운명에 대한 상심으로 기분이 착잡했던 빌헬름은 문득 이 노인의 하프 소리를 한 번 더 듣고 싶다는 생각이 들었다. 하프 선율에 맞춰 나직하게 읊조리는 노랫소리를 들으면 모든 근심 걱정이 사라질 것만 같았다. 그는 서둘러 노인의 뒤를 따라나섰다. 하지만 이미 어디로 사라졌는지 노인의 그림자도 찾을 수 없었다.

빌헬름은 시장 상인들에게 노인이 머무는 곳을 물어보았다. 빌헬름은 사람들의 도움을 받아 마을 변두리에 있는 쓸쓸한 여관을 찾아갔다. 여관주인에게 물으니 지붕 밑에 임시로 만든 조그마한 다락방을 가리켰다. 그때 그곳에서 빌헬름이 그토록 고대하던 감미로운 하프 소리가 흘러나왔다. 노인은 사람의 마음을 뒤흔드는 애처로운 선율에 맞춰 노래를 부르고 있었다.

빌헬름은 다락방으로 올라가 살며시 문간에 몸을 기대었다. 노인이 부르는 노래는 일종의 환상곡이었는데, 두서너 절을 노래하듯, 또는 시를 읊듯 몇 번이고 반복하며 하프를 연

189

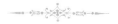

주하고 있었다. 잠시 귀를 기울이니 다음과 같은 구절이라는
것을 알 수 있었다.

> 눈물과 함께 빵을 삼켜보지 못한 자,
> 슬픔에 가로막힌 어둠을
> 침대에서 떨며 지새워보지 못한 자,
> 그는 인생을 이해하지 못한다.
> 천상의 고독이 이 세상을 살아가는 인간들을 이끌고,
> 불쌍한 몸에 죄를 덧씌우고,
> 가책 속에 음부로 내려갈 때까지 그저 지켜만 본다.
> 하늘은 모든 것을 알고 있기에,
> 그 어떤 죄도 인생이 보상하리라는 것을.

슬픔 어린 탁한 노랫소리. 가사의 구절마다 빌헬름의 고
독한 영혼에 깊숙이 스며드는 것 같았다. 노인은 눈물을 흘리
는지 가끔 목이 잠겨 더 이상 노래를 잇지 못했다. 대신 우울
한 하프 소리만이 조용히 이어졌는데, 그러다가 다시 가늘게
떨리는 목소리가 흘러나오는 것이었다.

빌헬름은 여전히 문간에 몸을 기대고 서 있었다. 오늘 처음 만난 이 낯선 노인의 슬픈 목소리가 불안으로 떨고 있던 그의 가슴을 촉촉하게 적셔주고 있었다. 빌헬름은 끓어오르는 연민의 정을 억제하지 못하고 자신도 모르게 눈시울이 뜨거워져 눈물을 흘렸다. 그는 볼을 타고 흐르는 눈물은 닦을 생각도 하지 않고 노랫소리에만 묵묵히 귀를 기울였다.

그의 영혼을 짓눌러온 갖가지 고통과 사연들이 일시에 모두 사라지는 느낌이었다. 마음도 한결 가벼워졌다. 빌헬름은 인기척을 내고는 허름한 방문을 열고 방으로 들어서며 노인에게 인사를 건넸다. 노인은 그 방에서 유일한 가구인 볼품없는 침대에 걸터앉아 있었다.

"할아버지!"

빌헬름이 말했다.

"할아버지 덕분에 답답했던 제 가슴이 눈 녹듯이 시원하게 녹아버렸습니다. 할아버지의 노랫소리가 제 마음을 괴롭혔던 고통들을 깨끗이 해결해주었어요. 좀더 노래를 불러달라고 부탁해도 될까요? 할아버지의 쓰라린 심사를 위로하려고 부른 그 노래 때문에 저까지 행복해졌습니다."

191

노인은 무슨 말을 하려는 듯 황급히 침대에서 일어났지만, 빌헬름은 그의 손을 잡고 다시 침대에 앉혔다. 빌헬름은 아까 여관에서 이 노인을 대면하면서 그가 이야기하기를 꺼려한다고 느꼈던 것이다. 빌헬름은 노인 옆에 걸터앉았다.

노인은 눈물을 닦고 억지로 웃어 보이며 물었다.

"어떻게 여기까지 오셨습니까? 오늘 저녁이면 내가 또 그리로 갈 텐데요."

"저는 여기가 더 좋습니다."

빌헬름도 웃으며 대답했다.

"저 같은 건 여기 없다고 생각하십시오. 할아버지가 부르고 싶었던 노래나 실컷 부르세요. 오늘은 정말 기막힌 노래를 듣게 될 것 같군요. 할아버지는 혼자서도 이토록 즐겁게 노래를 부를 수 있다니, 정말 부럽습니다. 이 음악이 평생의 친구였겠군요."

노인은 묵묵히 빌헬름의 이야기를 들으며 하프의 현을 내려다보았다. 그러고는 대답 대신 노래를 부르기 시작했다.

외로움에 몸을 의지하려는 자는

언젠가 고독을 만나게 되리라.

세상 사람들은 인생과 사랑에 취해

고독한 자의 슬픔을 알아주지 않는구나.

그래도 나는 좋네. 이 고뇌는 오직 내 것이리라.

만일 내가 진정

이 쓸쓸함 속에서 살아갈 수 있다면,

그때 나는 고독과 함께 취하리라.

사랑하는 연인이 살며시 다가와

아름다운 여인의 속내를 살피듯

낮과 밤을 가리지 않고 외로운 나의 심사에,

또다시 슬픔이 손을 내미네. 고통이 찾아오네.

나의 쓸쓸한 무덤가에

조용히 어둠이 찾아올 때,

나는 진정 고독하리라.

    빌헬름은 자기 못지않은 기구한 운명에 시달린 이 노인과 주고받는 대화가 무척 즐거웠다. 행색도 허름하고 오늘 처음 만난 낯선 사람이었지만, 어찌 된 일인지 오래 전부터 동고

동락한 지기로 여겨졌던 것이다.

빌헬름이 노인에게 무엇인가를 말하면 노인은 다만 하프의 선율로 대답을 대신했는데, 그 무궁하게 이어지는 선율은 말로 표현할 수 없는 감정들까지 모두 담고 있어 빌헬름은 마치 드넓은 세계와 맞닥뜨린 기분이 들었다.

노인은 꽤 오랫동안 빌헬름도 잘 아는 유명한 노래와 처음 들어보는 노래들을 연주했다. 악절마다 사람의 심정을 흔들기도 했고, 또 위로하기도 했다. 어느 음절은 졸리운 느낌을 일으켰고, 잠시 후 괴로운 감상이 물밀듯이 밀려와 빌헬름의 영혼을 두렵게 했다. 빌헬름은 노인과의 우연한 만남에 한없이 감사했다. 누구에게도 털어놓지 못한 그간의 고통들이 말끔히 씻겨 내리는 느낌이었다.

빌헬름은 여관으로 돌아오면서 자신이 처한 환경에 대해 지금까지 고민했던 모든 것이 헛된 것이었다는 생각이 들었다. 그는 처음으로 자신의 운명을 정확히 자각했던 것이다. 그리고 어떤 난관이 앞을 막을지라도 자신의 힘으로 모든 고통을 이겨내리라 다짐했다.

빌헬름은 자기 방으로 들어와 안락의자에 앉으며 이제 여기서 떠나야 한다는 결심을 굳혔다. 그때 미뇽이 조용히 방으로 들어섰다. 미뇽은 불안으로 초췌해진 빌헬름의 모습을 두려운 듯이 바라보고 있었다.

"아저씨."

미뇽이 작은 목소리로 불렀다.

"아저씨가 불행하시다면, 이 미뇽은 어떻게 되는 거죠?"

"미뇽."

빌헬름은 미뇽의 연약한 손을 붙잡고 말했다.

"너 하나만으로도 나는 괴롭구나. 나는 이제 곧 어디론가 떠나야 한단다."

미뇽은 빌헬름의 눈을 똑바로 쳐다보았다. 그의 눈에서는 당장이라도 눈물이 흘러내릴 것 같았다. 미뇽은 갑자기 빌헬름 앞에 무릎을 꿇었다. 빌헬름은 미뇽의 두 손을 잡고 일으키려 했지만 미뇽은 빌헬름의 무릎에 머리를 기댄 채 한동안 꼼짝도 하지 않았다.

빌헬름은 한숨을 내쉬며 미뇽의 머리칼을 어루만졌다. 비단결처럼 고왔다. 미뇽은 그렇게 한참을 빌헬름의 무릎에 머리를 기대고 앉아 있었다. 그러던 어느 순간 빌헬름은 갑자기 미뇽의 몸이 경련을 일으키듯 가볍게 떨리는 것을 느꼈다. 처음에는 아주 가볍게 떨리더니 곧 주체하지 못할 정도로 온몸을 바들바들 떨기 시작했다.

"미뇽, 왜 그러니?"

깜짝 놀란 빌헬름이 외쳤다.

"왜 그러는 거야?"

미뇽은 억지로 웃으며 빌헬름을 올려다보았다. 그러고는 조그만 두 손으로 가슴을 움켜쥐었다. 미뇽의 얼굴은 일그러져 있었다. 이를 악물며 고통을 참아내려는 모습처럼 보였다. 빌헬름이 끌어안자 미뇽은 그의 무릎 위에 힘없이 쓰러져버렸다. 빌헬름은 미뇽의 작은 입술에 입을 맞추었다. 하지만 아무런 반응이 없었다. 얼마 후 미뇽은 자신의 가슴을 꼭 움켜쥐고 있다가 갑작스레 비명을 질렀다. 그리고 발작적으로 다시 경련을 일으키더니, 화들짝 놀라며 빌헬름의 손을 뿌리치고 간신히 일어섰다. 하지만 곧 관절이 모두 부러진 사람처럼 바닥에 쓰러져버리는 것이었다. 그것은 정말 너무도 처참한 광경이었다.

"미뇽, 미뇽! 대체 어디가 아픈 거니?"

빌헬름은 미뇽을 끌어안고 다시 한 번 소리쳤다.

미뇽의 작은 몸은 계속 경련을 일으켰다. 가슴에서 시작된 고통은 손발이 바들바들 떨릴 때까지 그치지 않았다. 미뇽은 빌헬름의 팔을 붙잡고 어떻게든 일어서려 했으나, 눈조차도 제대로 뜨지 못했다.

빌헬름은 미뇽을 더욱 힘껏 끌어안았다. 그의 볼을 타고 흘러내린 눈물이 미뇽의 얼굴 위로 떨어졌다. 바로 그때 미뇽의 몸이 뻣뻣하게 굳어지는 듯하더니, 곧 생기를 되찾은 듯 사지가 다시 따뜻해지기 시작했다. 갑자기 미뇽의 팔이 용수철처럼 튀어올라 빌헬름의 목을 꽉 껴안았다. 그리고 그 순간 굳게 감긴 미뇽의 눈에서 폭포수와 같은 눈물이 쉴새없이 흘러내렸다. 빌헬름도 미뇽을 더욱 세게 안아주었다. 미뇽은 마침내 소리를 내어 울기 시작했다. 어느새 긴 머리는 풀어헤쳐져 눈물로 범벅이 된 얼굴을 뒤덮고 있었다.

미뇽의 온몸이 눈물에 젖어 녹아버리는 것처럼 느껴졌다. 경직된 손발은 점점 느슨해졌고, 마음속에 간직했던 슬픔과 괴로운 상념이 눈물이 되어 흘러내리고 있었다. 그 순간 멍하니 미뇽을 바라보던 빌헬름은 미뇽이 이렇게 자신의 팔에서 녹아버리는 것은 아닐까 하는 불안을 느꼈다. 그는 더욱 세게 미뇽을 자기 품으로 끌어안았다.

"미뇽, 미뇽!"

빌헬름이 떨리는 목소리로 이름을 불렀다.

"넌 정말 내게 소중한 아이란다. 이런 말이 네게 얼마나 진실로 들릴지는 알 수 없지만, 맹세하건대 너는 정말 귀한 내 아이란다. 나는 너를 언제까지나 끌어안고 놓지 않을 거다."

미뇽의 눈에서 끊임없이 눈물이 흘렀다. 미뇽은 조금씩 몸을 일으켰다. 어렴풋이 얼굴에 미소가 감돌았다.

"아저씨!"

미뇽이 힘없는 목소리로 빌헬름을 불렀다.

"제발 날 버리지 마세요. 내 아버지가 되어주세요. 나는 아저씨의 딸이 되고 싶어요."

그때 문간에서 조용히 하프의 선율이 울리기 시작했다. 오후에 빌헬름이 찾아갔던 노인이 찾아온 것이었다. 밖에서 묵묵히 이 광경을 지켜본 노인은 심혼을 다해 노래를 불렀다. 빌헬름은 조용히 흐르는 하프 소리를 듣자 마음이 조금씩 안

정되는 것을 느꼈다. 그는 품안에서 떨고 있는 미뇽을 더욱 단단히 끌어안으며, 순수한 부성애를 느꼈다.

이튿날 아침, 빌헬름은 여관을 샅샅이 뒤졌지만 미뇽의 모습을 발견할 수 없었다.

두서너 시간쯤 지났을 무렵, 빌헬름의 방 밖에서 음악소리가 들려왔다. 빌헬름은 어제 만난 노인이 찾아왔다고 생각하곤 서둘러 방문을 열었다. 하지만 그것은 하프의 선율이 아니라 치터(티롤 지방에 전해 내려오는 옛 현악기의 일종) 소리였다. 그리고 반주에 맞춰 노래를 부르는 목소리는 바로 아침나절 애타게 찾았던 미뇽이었다. 빌헬름이 문을 열자 미뇽은 방으로 들어서며 조용히 노래를 불렀다.

당신은 아시나요, 저 레몬꽃 피는 나라를.
초록빛 짙은 나뭇잎 그늘에 황금빛 오렌지가 빛나고
푸른 하늘 저편에서 산들바람이 불어오고
고요히 흐느끼는 월계수가 무성한
그 나라를, 당신은 아시나요.

그 나라로, 그 나라로

우리 함께 가요, 나의 사랑하는 님이여.

당신은 아시나요, 저 아름다운 건물을. 둥근 기둥, 가파르지 않게 솟은 지붕,

큰 방은 한낮의 태양처럼 빛나고, 거실마다 등불들이 환하게 비추고 있죠.

복도에 늘어선 대리석상이 나를 보며 묻습니다.

불쌍한 소녀야, 대체 왜 우는 거니?

당신은 그 아름다운 저택을 알고 계시나요.

그곳으로, 그곳으로

나와 함께 가요, 나를 지켜주는 분이여.

당신은 아시나요, 저 산과 구름 위로 난 작은 샛길을.

어린 노새가 안개 속에서 길을 찾아 헤매고,

동굴에는 옛 용의 자취가 남아 있죠.

바위를 무너뜨리는 거센 물살에 날마다 시달리는 저 산마루에 대해서도 아시는지요.

그곳으로, 그곳으로

우리 둘이 함께 가요, 내 아버지 같은 분이여.

가사를 완전히 이해할 수는 없었지만, 빌헬름은 멜로디와 표현이 무척 훌륭하다고 생각했다. 빌헬름은 미뇽에게 여러 번 설명을 들은 후 그것을 독일어로 번역했다. 하지만 노래에 담긴 고유한 표현을 어설프게 흉내낸 데 지나지 않았다. 이해하기 힘든 구절을 억지로 정리하거나, 이어지지 않는 부분을 대충 연결했기 때문에 소녀다운 순수한 표현은 거의 다 사라지고 말았다. 하지만 매력적인 멜로디만큼은 무엇과도 바꿀 수 없는 아름다움이 서려 있었다.

미뇽은 이 노래를 통해 빌헬름에게 무엇인가 이야기하고 싶어했다. 소녀의 우울한 마음은 미약하게 흐르는 멜로디처럼 끊어질 듯 이어졌다.

미뇽은 '당신은 아시나요, 그 나라를' 이라는 구절만 계속 반복했다. '그곳으로, 그곳으로' 라는 구절에는 억제하기 힘든 동경이 스며 있었고, '나와 함께 가요' 라는 구절을 반복할 때마다 음조를 변화시켜 때로는 애원하는 것처럼, 때로는

201

재촉하는 것처럼 불렀다.

이 노래를 두 번 부른 후 미뇽은 잠시 입을 다물고 빌헬름의 얼굴을 바라보았다. 그러고는 물었다.

"그 나라를 아세요?"

"그건 이탈리아를 말하는 거지?"

빌헬름이 대답했다.

"노래, 어디서 배웠지?"

"이탈리아에서요."

미뇽은 마치 엄숙하게 선서하듯 말했다.

"이탈리아에 가실 일이 있으면 저도 꼭 데리고 가주세요. 여긴 너무 추워요."

"이탈리아에 가본 적 있니?"

빌헬름이 다시 물었다.

하지만 미뇽은 아무 말도 하지 않았다. 빌헬름도 더 이상 묻지 않았다.

빌헬름은 미뇽을 시골[7]로 보내야겠다고 생각했다. 어린 나이에 감당할 수 없는 고통을 겪어온 미뇽에게 자유로운 공기와 편안한 환경이 필요하다고 생각했기 때문이다. 이 사랑스런 소녀가 자주 병에 걸려 신음하는 것도 그 같은 결심을 하게 된 동기 중 하나였다.

어느 날 저녁, 빌헬름은 미뇽의 건강을 위해 당분간 떨어져 지낼 수밖에 없다는 사실을 이야기했다.

"제발 이렇게 부탁드려요."

미뇽이 말했다.

"저를 아저씨 곁에 있게 해주세요. 기쁜 일이 있을 때나 슬픈 일이 있을 때나, 언제든지 아저씨 곁에 있게 해주세요."

빌헬름은 미뇽의 간곡한 부탁에 마음이 흔들렸지만, 이제 많이 자라났고, 앞으로 공부도 해야 한다는 말로 미뇽을 설득했다. 그러자 미뇽은 이렇게 말했다.

"저도 아는 것이 많아요. 그래서 사랑하고 슬퍼하는 거예

7) 빌헬름은 얼마 후 같은 여관에서 알게 된 순회연극단과 동행했다. 미뇽과 하프를 연주하는 노인도 빌헬름과 함께 떠났다. 여행도중 빌헬름 일행은 도적을 만났고, 이 와중에 빌헬름은 중상을 입는다. 미뇽의 헌신적인 간호를 받던 빌헬름은 나탈리에를 알게 되는데, 나탈리에는 빌헬름으로부터 미뇽의 딱한 사정을 듣고 자신의 영지에서 미뇽을 돌보겠다고 제안한다.

요."

하지만 빌헬름은 이미 미뇽을 시골로 보낼 결심을 굳혔기 때문에 더 이상 듣지 않았다.

"아저씨는 왜 제 문제를 가지고 걱정하시는 거죠? 저말고도 걱정되는 일이 많을 텐데요."

빌헬름은 당분간 함께 지낼 수 없다는 것, 대신 언제든지 만날 수 있는 곳으로 데려갈 작정이라고 얘기했지만, 미뇽은 좀처럼 고집을 꺾지 않았다.

"저를 아저씨 곁에 두기 싫으신 거죠?"

미뇽이 울먹이며 입을 열었다.

"아마 저를 멀리 떼어놓고 싶은 모양이죠? 그렇다면 차라리 그 하프를 연주하는 할아버지에게 데려다주세요. 그 불쌍한 할아버지도 혼자 사니까 아저씨처럼 저를 귀찮아하진 않을 거예요."

빌헬름은 미뇽이 갑자기 노인을 끄집어낸 것에 놀랐지만, 그 할아버지는 지금 병을 앓고 있기 때문에 조용히 지내야 한다고 서둘러 둘러댔다. 하지만 미뇽은 물러서지 않았다.

"저는 늘 그 할아버지를 만나고 싶었어요."

"나는 네가 그런 생각을 하는 줄은 몰랐구나. 그 할아버지가 우리들과 함께 있을 때 네가 그 할아버지를 그토록 좋아했으리라고는 미처 생각하지 못했다."

빌헬름은 미뇽을 다독였다.

"사실 할아버지가 저를 빤히 쳐다봤을 때는 너무 무서웠어요. 그래서 할아버지의 눈을 똑바로 쳐다볼 수 없었어요. 하지만 주무시고 계실 때는 저도 모르게 할아버지 곁을 지키고 싶다는 생각이 들었어요. 잠든 할아버지를 위해 파리를 쫓은 적도 많아요. 할아버지는 제가 힘들고 두려워할 때 저를 여러 번 도와주셨던 분이에요. 얼마나 많은 은혜를 입었는지 몰라요. 만약 할아버지가 계신 곳을 알았다면 벌써 오래 전에 할아버지 곁으로 갔을 거예요."

빌헬름은 미뇽에게 여러 가지 사정을 설명하면서 분별이 있는 아이니까 이번에도 자신이 원하는 대로 따라달라고 부탁했다.

"분별이라뇨? 그건 너무 잔인한 말씀이에요. 차라리 그 할아버지한테나 가버리라고 말씀하세요."

빌헬름이 다시 한 번 간곡히 말하자 미뇽이 대답했다.

"좋아요, 시키는 대로 하겠어요. 대신 펠릭스[8]와 함께 지낼 수 있게 해주세요."

빌헬름이 밤새껏 설득했지만, 미뇽은 끝내 자신의 생각을 바꾸려고 하지 않았다. 하는 수 없이 빌헬름은 미뇽과 펠릭스를 노파에게 맡겨 테레제[9]에게 보내는 수밖에 없었다.

봄은 심술궂은 북풍을 뚫고 도착했다. 아침부터 계절에 어울리지 않는 비바람이 심하게 몰아쳐 산기슭에 내린 빗물이 평지 쪽으로 흘러내렸다. 오후에 태양이 먹구름 사이로 떠오르자 회색빛 배경 위에 아름다운 무지개가 떠올랐다.

빌헬름은 자신도 모르게 무지개를 향해 말을 달리면서 애처로운 감상에 젖어들었다. 그리고 혼잣말로 중얼거렸다.

"왜 인생의 가장 아름다운 빛은 어둠 속에서만 그 찬란한 광채를 드러내는 것일까. 인생의 가장 황홀한 순간은 항상 저 빗방울처럼 언젠가는 힘없이 추락해야만 한다. 결국 삶이

---

8) 빌헬름과 무명의 여배우 사이에서 태어난 아들. 빌헬름도 자기 아들인지 몰랐다가 여행 도중 우연히 만나게 되었다.
9) 훗날 빌헬름이 청혼한 가정적인 독일 여성. 미뇽은 한동안 테레제와 지내다가 다시 나탈리에에게 보내진다.

란 화창한 봄날이든, 매서운 겨울이든 그저 하루의 시간일 뿐
이다. 게다가 인간은 끊임없이 무언가를 사랑해야 하는 존재
들이다. 우리가 태어났을 때부터 따라다닌 이 숙명이 우리를
파멸시키는 날이 오고야 말 것이다. 하지만 인생은 어쩔 수 없
이 자신의 숙명을 사랑할 수밖에 없다. 우리는 한낱 정해진 이
야기에 불과하다. 결말이 날 때까지 정해진 이야기를 따라 살
아가는 것이다. 어쩌면 이것이야말로 삶의 조화인지도 모른
다. 인생의 진실이 이런 것이었는지도 모른다."

　　이렇게 중얼거릴 때 낯선 나그네가 빌헬름 곁을 지나갔
다. 두 사람은 인사를 나눴고, 동행하기로 했다. 몇 마디 세상
사를 주고받은 후 사내가 빌헬름에게 말했다.

　　"혹시 제가 잘못 본 것이 아닌지 모르겠지만, 어디선가
한번 만난 적이 있는 것 같군요."

　　"나도 지금 그런 생각을 했습니다. 혹시 같은 배를 타고
여행했는지도 모르죠."

　　빌헬름이 말했다.

　　"그런 것 같습니다."

　　낯선 사내가 웃으며 대답했다.

빌헬름이 로타리오[10]의 저택까지 거리가 얼마나 되느냐고 묻자 그 남자는 산 하나만 넘으면 된다고 대답했다.

남자는 계속해서 빌헬름에게 말을 건넸다.

"아마 그곳에서 다시 만나게 될 것 같군요. 난 이 근처에 볼일이 있어 먼저 가야겠습니다. 그럼 조심해서 가십시오."

그렇게 말한 후 남자는 험한 길을 따라 내려갔다. 그 길이 지름길인 것 같았다.

로타리오는 진심으로 빌헬름을 환영했다.

빌헬름은 로타리오를 볼 때마다 그는 자신이 해야 할 일을 잘 알고 있으며, 자신이 하고 싶어하는 일은 무엇이든지 반드시 해내고야 마는 사람이라고 생각했다.

로타리오가 빌헬름에게 말했다.

"도착한 지 얼마 되지도 않아 이런 말을 하기가 조금 거북스럽군요. 하지만 당신에게 꼭 알려줘야 할 일이 있습니다.

---

10) 나탈리에의 오빠.

Goethe, Johann Wolfgang von

여기보다 당신을 더욱 필요로 하는 곳이 있습니다. 사실은 내 여동생에게서 되도록 빨리 당신을 데리고 와달라는 부탁을 받았답니다. 불쌍하게도 미농이 점점 더 쇠약해지는 것 같습니다. 여동생은 당신을 만난다면 미농의 병이 조금 호전될 것으로 생각하나봅니다. 여동생이 내게 편지를 보냈습니다. 이 편지를 읽어보면 여동생이 당신을 얼마나 의지하고 있는지 알게 될 것입니다.

펠릭스를 데려가세요. 아이들이 서로 기뻐할 테니까요. 내일 아침 일찍 출발하시는 게 좋겠어요. 우선 여동생이 타고 온 마차를 타고 가세요. 그 다음에는 역마차를 이용하는 게 좋겠군요. 그럼 부디 몸조심하시고, 여동생에게도 안부 전해주십시오. 가까운 시일 내에 제가 만나러 갈 테니까 두서너 명분의 손님 맞을 준비를 해두라고요. 외종조부님의 친구분인 키프리아니 후작이 이곳으로 오시는 중입니다."

어느새 밤이 되었다. 마차가 덜커덕 소리를 내며 저택 안으로 들어갔다. 하인이 등불을 들고 마중 나와 있었다.

"오래 전부터 기다리고 계십니다."

하인이 마차의 문을 열며 말했다.

빌헬름은 잠이 든 펠릭스를 안아들고 하인을 따라 거실로 들어갔다. 그곳은 그가 지금까지 본 장소 중에서 가장 엄숙하고, 가장 신성한 장소처럼 생각되었다. 환하게 켜진 램프가 눈앞의 넓고 완만한 계단을 비추고 있었다. 계단을 조금 올라가니 두 갈래로 나뉘어졌다. 정면에는 대리석 입상과 흉상이 우묵하게 만들어진 벽 속에 나란히 놓여 있었다. 그중 몇 개의 흉상은 어디선가 본 듯한 모양이었다.

어린 시절의 인상은 아무리 작은 부분일지라도 지워지지 않는 법이다. 빌헬름은 할아버지가 소유하고 있던 뮤즈 상을 떠올렸다. 모양이나 가치에 대해서는 알지 못했지만, 수리된 한쪽 팔과 새로 보수된 의상만큼은 확실하게 기억이 났다. 그는 마치 어린 시절의 추억이 담긴 동화책 속에 발을 들여놓은 것 같은 착각이 들었다.

펠릭스를 소파에 누이고, 나탈리에는 그 곁에 앉았다. 그녀는 빌헬름에게도 안락의자를 권했다. 나탈리에는 차를 준비하려 했지만, 빌헬름은 괜찮다며 사양했다.

나탈리에는 빌헬름에게 미뇽의 병세에 관해 대충 이야기했다. 미뇽이 무엇인가 깊은, 그리고 여러 가지 고민 때문에 점점 쇠약해지고 있다는 것, 비록 본인은 숨기고 있지만 자주 흥분하고, 그때마다 심장에 경련이 일어나 몇 번인가 위험한 고비를 넘겼다는 것, 생명의 가장 중요한 기관인 심장이 뜻하지 않은 마음의 동요에 이끌려 갑작스레 멈춰버린 불쌍한 소녀는 이제 더 이상 버틸 수 없을 지경이라는 점, 그리고 경련이 끝나면 이번에는 빈혈로 인해 더욱 심해진 뇌일혈이 소녀를 괴롭힌다는 것 등을 이야기했다.

빌헬름도 미뇽의 경련이 얼마나 심각한지 잘 알고 있었다. 나탈리에는 그동안 미뇽을 돌봐준 의사가 자세한 내용을 설명해줄 것이며, 그가 미뇽의 친구이자 은인인 당신을 왜 불렀는지 자세하게 설명해줄 것이라고 말했다. 나탈리에는 이야기를 계속했다.

"저 아이가 이상할 정도로 변했다고 생각될 거예요. 지금은 무척 여성스러워졌답니다. 전에는 그런 여성스러운 복장이라면 질색을 했죠."

"정말인가요?"

빌헬름이 신기해하며 물었다.

"전부터 미뇽에게 여자 옷을 입히려고 했는데, 사실 우연히 그렇게 되었답니다. 잘 아시겠지만, 제가 돌보는 어린 소녀들이 꽤 많아요. 저는 항상 이 아이들이 올바른 방향으로 자라기를 고대하기 때문에 저 자신이 진실이라고 생각하는 것 외에는 아무것도 가르치지 않았습니다.

얼마 전 일인데, 우리 집에 찾아오는 아이들이 농부의 아이들한테서 천사나 산타클로스, 성 그리스도가 사람의 모습으로 나타나 착한 아이들에겐 상을 주고, 나쁜 아이들에겐 벌을 준다는 이야기를 들었나봐요. 그애들은 좀처럼 믿지 않고, 아마 사람들이 꾸며낸 이야기일 것이라고 말했답니다. 저는 더 이상 설명하지 않고 아이들에게 이런 광경을 한번 보여주고 싶었지요.

마침 얼마 후 항상 예의바르게 행동하는 쌍둥이 자매의 생일이 다가왔습니다. 저는 천사님이 나타나서 모두들 얌전하게 행동한 데 대한 상으로 선물을 주실 것이라고 말했습니다. 이 말을 듣자 아이들은 믿지 못하겠다는 표정이었지만, 내심 다들 긴장하더군요. 저는 누구에게 천사 역을 맡겨야 좋을

지 고민하다가 미뇽에게 부탁했습니다. 그리고 그날 미뇽에게 희고 긴 의상을 입혔습니다. 가슴에는 황금 띠를 두르고, 머리에도 황금 관을 쓰게 했죠. 저는 날개는 없어도 된다고 생각했지만, 미뇽의 분장을 돕던 부인들이 커다란 금빛 날개를 꼭 달아야 한다며 말을 듣지 않았습니다. 아마도 자신들의 바느질 솜씨를 뽐내고 싶었나봐요. 이렇게 해서 한쪽 손에는 백합을 들고, 다른 손에는 작은 바구니를 든 천사가 소녀들 앞에 나타났을 때 저도 깜짝 놀랐습니다. 정말 그럴싸했거든요.

'자, 천사님이 오셨어요.' 라고 말하자 모두들 뒤로 물러섰습니다. 하지만 누군가 큰 소리로 '미뇽이야!' 라고 외쳤습니다. 그런데도 누구 한 사람 미뇽 곁으로는 선뜻 다가가려 하지 않더군요.

미뇽은 '자, 이게 너희들에게 주는 선물이야.' 라고 말하면서 바구니를 내밀었습니다. 아이들은 모두 미뇽 주위에 모여들어 옷을 만져보기도 하고, 머리에 쓴 관을 바라보기도 하고, 질문을 하기도 했습니다.

'당신은 정말 천사인가요?' 라고 한 아이가 물었습니다.

'그렇다고 말하고 싶지만.' 이라고 미뇽이 대답했죠.

'백합꽃은 왜 들고 있죠?'

'내 마음도 이렇게 청순하고 깨끗하면 얼마나 행복할까, 하는 생각이 들었기 때문이야.'

'날개는 어떻게 생긴 거죠? 보여줘요.'

'아직 펴보지는 않았지만, 아주 아름다운 날개야.'

이렇게 미뇽은 아이들의 천진한 질문에 일일이 무슨 사연이 있는 듯한 대답을 해주었어요. 파티가 끝난 뒤 미뇽에게 옷을 갈아입으라고 했지만 미뇽은 한사코 그 옷을 입고 있겠다고 고집을 부리더니, 치터를 들고 여기 이 높은 책상 위에 앉아 부드러운 목소리로 노래를 부르는 것이었어요.

천상의 심부름꾼으로 지상을 날아다닐 동안은

부디 용서해주세요.

이 하얀 날개를 빼앗지 말아주세요.

머잖아 저는 이 아름다운 세상과 헤어져

저 황막한 집으로 내려간답니다.

그곳에서 잠깐 눈을 붙이면,

언젠가 다시 눈이 떠질 거예요.

그때 저는 몸에 두른 모든 것을 벗어버리겠어요.

띠도, 관도, 모두.

거룩하신 모습이 저를 맞아주고,

우리 모두를 데려가시겠죠.

깨끗해진 저의 육신은 이제 더 이상

아름다운 날개가 필요 없어요.

지금까지 행복하게 살았어요.

하지만 너무 많은 슬픔을 겪었지요.

괴로웠기 때문에 이렇게 빨리 늙어버렸어요.

소원이 있다면, 영원한 젊음을 허락하시기를.

그래서 저는 옷을 그대로 입히기로 작정했지요."

나탈리에는 이야기를 계속했다.

"그리고 그런 옷 몇 벌을 더 만들어줘야겠고 결심했지요.

이렇게 해서 미뇽이 그런 옷을 입고 있는 것이랍니다. 그 옷을

입은 후로 미뇽의 태도가 완전히 달라진 것 같아요."

빌헬름은 미뇽을 만나게 해달라고 부탁했지만, 나탈리에는 이웃마을에 왕진을 간 의사[11]가 돌아올 때까지 기다려 달라고 말했다.

마침 그때 의사가 돌아왔다. 빌헬름과 의사는 서로 인사를 나눈 후 곧 미뇽의 병세에 대해 이야기했다.

나탈리에는 미뇽에게 빌헬름이 도착했다는 소식을 알려주겠다며 펠릭스의 손을 잡고 방을 나갔다.

의사는 빌헬름과 단 둘이 있게 되자 다음과 같은 이야기를 하기 시작했다.

"당신이 상상조차 하지 못했던 이상한 이야기를 해야 할 때가 온 것 같군요. 나탈리에는 우리들이 미뇽에 대해 자유롭게 이야기할 수 있도록 일부러 자리를 피해준 겁니다. 하긴 이 이야기도 그녀에게서 들은 것인데, 그렇더라도 나탈리에가

---

11) 「아름다운 영혼의 고백」에 등장하는 의사와 동일인물.

있는 곳에서 말을 꺼낼 수는 없죠. 지금 가장 큰 문제는 저 미농이라는 불쌍한 소녀가 앓고 있는 병입니다. 미농의 병은 성격에서 비롯되었죠. 미농의 병은 모두 고통스런 그리움을 이겨내지 못해 생긴 병입니다. 고향땅을 다시 한 번 밟아보고 싶다는 동경과 당신에 대한 사모가 미농의 유일한 희망입니다. 다만 이 두 가지 소원은 모두 한없이 먼 곳에 있어 미농의 힘만으로는 도저히 손길이 닿을 수 없지요.

제 생각에 미농은 이탈리아의 밀라노 부근에서 태어난 것 같습니다. 아주 어렸을 때 곡마단에 의해 유괴된 모양입니다. 이것도 단지 추측일 뿐입니다. 너무 어렸을 때 겪은 일이라 당시 상황을 거의 기억해내지 못하더군요. 게다가 어찌 된 영문인지 미농은 고향과 본명에 대해 누구에게도 말하려고 하지 않습니다.

저는 얼마 전에야 미농과 이야기를 하던 중 그 까닭을 알게 되었습니다. 미농이 고아가 되었을 때 미농을 발견한 곡마단에게 자기 집이 어디인지를 가르쳐주면서 데려다달라고 부탁했는데도, 그들은 서둘러 먼 곳으로 미농을 끌고 갔다고 합니다. 그날 밤 여관에서 곡마단 일당이 소녀가 잠든 줄 알고,

좋은 사냥감을 하나 주웠다고 떠들어대며, 여기까지 왔으니 이젠 감히 집으로 도망칠 수 없을 것이라는 말을 하는 것을 엿듣게 되었다는 겁니다.

이 말을 듣고 미뇽은 크게 상심했는데, 갑자기 눈앞에 성모 마리아가 나타나더랍니다. 어린 미뇽은 크게 마음의 위로를 받곤 이제 누구도 믿지 않겠다, 그리고 내 출생에 대해 누구에게도 말하지 않겠다, 다만 하느님만을 의지하며 내 생명을 스스로 지키겠다고 결심했다는 것입니다. 이 이야기도 실은 미뇽이 나탈리에게 고백한 것은 아닙니다. 다만 평소 미뇽이 혼자 중얼거리는 말과 노래들을 나탈리에가 정리해둔 것을 보고 제가 추측한 것에 지나지 않습니다."

빌헬름은 그제야 미뇽이 혼자 부르던 노래들이 무슨 뜻이었는지 알 것 같았다. 그는 의사에게 저 불가사의한 소녀에 대해 알고 있는 것을 모두 이야기해달라고 부탁했다.

"정 그러시다면 모두 이야기할 테니 한번 들어보세요."

의사가 말했다.

"이런 이야기는 사실 저도 처음 접했습니다. 비록 당신은 아무것도 모르겠지만, 당신과 무척 관계가 깊은 이야기이기도 합니다. 아마도 미뇽의 생사를 결정할지도 모르는 아주 중요한 일입니다."

"빨리 말씀해주십시오."

빌헬름이 간곡히 부탁했다.

"당신이 기억하고 있을지 모르겠군요."

의사가 입을 열었다.

"햄릿이 상연되던 날 밤, 몰래 어떤 여자가 당신을 방문한 것을 기억하시는지요?"

"예. 그런데 그게 미뇽과 무슨 관계가 있습니까?"

빌헬름은 약간 난처해하면서 대답했다.

"대체 그날 밤 일과 지금 이 이야기가 무슨 연관이 있다는 것인지 모르겠군요."

"당신은 그 여자가 누구였는지 알고 있습니까?"

"모르겠습니다. 그냥 여관에 머무는 떠돌이 여자였겠지요. 설마 그 여자가 미뇽이었다는 말씀은 아니시겠죠? 대체 그 여자가 누구였습니까?"

"나도 모릅니다."

"다행입니다! 미뇽이 아니었군요."

"예, 분명 미뇽은 아닙니다. 하지만 그날 밤 미뇽은 몰래 당신 방에 들어가려고 했습니다. 그런데 어떤 연적이 먼저 당신 방에 와 있는 것을 알고는 한쪽 구석에서 가만히 지켜보고 있었지요."

"연적이라뇨?"

빌헬름이 목소리를 높였다.

"지금 대체 무슨 말을 하고 싶은 겁니까? 의사 양반, 당신은 나를 완전히 바보취급 하려는 것이군요."

"그 결과를 이처럼 빨리 듣게 된 것을 다행으로 아셔야 합니다."

의사는 흥분한 빌헬름을 재미있다는 듯 바라보았다.

"나탈리에와 나는 이 문제에 아무런 관계가 없습니다. 단지 저 불쌍한 아이를 어떻게든 도와주려다 보니 본의 아니게 베일에 감춰진 복잡한 사정을 알게 되었지요. 당신이 햄릿을 관람하던 그 무렵, 필리네와 함께 다른 소녀들의 연애담을 듣고 있던 미뇽은 당신을 향한 감정을 주체할 수 없어 어떻게든 당신과 하룻밤을 보내야겠다고 생각했던 것입니다. 그때까지만 해도 미뇽은 아무것도 몰랐습니다. 단지 당신 곁에서

쉬고 싶다는 생각뿐이었지요. 그동안 당신의 팔에 안겨 지금까지 경험했던 여러 가지 고통을 잊은 기억을 떠올리며, 단지 그 같은 행복을 한 번 더 경험하고 싶었던 것뿐이었습니다.

그런데 마침 그날 밤, 미농은 저녁 무렵부터 소녀들과 마신 술기운에 당신 방에 몰래 들어가려고 했던 겁니다. 당신이 오기 전에 열려 있는 방으로 들어가려 했던 것인데, 계단에서 옷 스치는 소리가 들렸다고 합니다. 깜짝 놀란 미농이 몸을 숨기고 살펴보니 흰옷을 입은 어떤 여자가 당신 방으로 들어가더라는 것입니다. 그리고 잠시 후 아무것도 모르는 당신이 방으로 들어갔고, 곧바로 큰 빗장이 닫히는 소리가 들렸답니다.

이 일로 미농은 이제껏 겪어보지 못한 새로운 고통에 휩싸였습니다. 가슴속에서 질투심이 타올랐고, 처음으로 느껴보는 욕망이 알 수 없는 동경과 뒤섞여 이제 막 사랑에 눈뜬 소녀의 마음을 마구 흔들어놓았던 겁니다. 그리고 이 무서운 고통이 소녀의 심장에 납덩이처럼 무겁게 매달렸습니다. 아마 그때부터 병이 악화되었던 것으로 짐작됩니다. 미농은 자주 발작 증세를 보였지만, 그때마다 당신에게 숨겼다고 합니다. 어느 날 또다시 경련이 찾아와 가슴을 움켜쥐고 방으로 도망

221

치려는 순간, 어떤 노인이 연주하는 하프 소리가 들려 마음이 가라앉았다고 합니다. 그날 밤은 미뇽도 참을 수가 없어 노인이 사는 다락방을 찾아가 밤새도록 울었다고 하더군요."

의사는 잠시 이야기를 중단하고, 빌헬름의 표정을 살폈다. 하지만 빌헬름이 여전히 침통한 표정으로 입을 굳게 다물고 있자 다시 말을 이었다.

"나탈리에는 미뇽이 그동안 숨겨왔던 이야기를 털어놓을 때의 표정은 도저히 잊지 못할 것 같다고 말했습니다. 미뇽의 모습이 너무나 괴로워 보여 나탈리에도 한동안 자책감을 느꼈던 것 같습니다. 나탈리에의 천성이 워낙 순진해 자신의 유도로 미뇽이 이런 이야기를 하면서 괴로워하는 모습을 보고 있자니 미뇽에게 미안한 감정이 생겼던 것입니다.

나탈리에가 어느 날 이런 말을 했습니다. '저 딱한 소녀는 자신도 모르게 내가 묻는 말에 대답하다가 이런 사연을 털어놓게 된 거예요. 그러고는 갑자기 한숨을 쉬더니 내 앞에 쓰러져 괴로운 듯 손을 가슴에 얹으면서 그날 밤 겪었던 고통이 다시 찾아온 것 같다며 울더군요. 저는 어떻게든 미뇽을 위로하려고 했는데, 미뇽은 말릴 새도 없이 송충이처럼 거실바닥

Goethe, Johann Wolfgang von

을 마구 뒹구는 것이었어요.' 라고 말입니다."

"더 이상 뭐라고 말씀드려야 할지 모르겠습니다."

빌헬름은 애써 눈물을 참으며 말했다.

"의사 선생님의 말씀을 듣고서야 내가 미뇽에게 여러 가지로 잘못했다는 것을 뼈에 사무치도록 깨달았습니다. 내가 다시 미뇽을 만나도 되는 걸까요? 이런 말을 듣고도 내가 미뇽을 만날 수 있을까요? 미뇽이 이미 내게 그런 마음을 품고 있는데, 이제 와서 내가 만난들 무슨 도움이 되겠습니까. 선생님 말씀대로 미뇽의 병이 그리움에서 시작된 것이라면 또다시 내가 나타날 필요가 있겠습니까? 차라리 이대로 조용히 사라지는 편이 나을 것 같군요."

"하지만 빌헬름 씨."

의사가 말했다.

"우리는 도와줄 수 없는 경우라 할지라도 가능하면 고통을 완화시켜줄 의무가 있습니다. 그리고 오히려 사랑하는 사람을 만난다면 그녀를 괴롭히던 그리움이 사라질지도 모르는 일입니다. 나는 이런 예가 얼마나 흔한지 경험을 통해 잘 알고 있습니다. 그리운 사람의 얼굴을 보는 것만으로도 사라지는

223

정열을 붙잡아둘 수 있습니다. 그 정열이 다시 한 번 삶을 일으켜주기만을 간절히 바랄 뿐이죠. 미뇽을 만나 다정한 인사를 건네십시오. 결과가 어떻게 나올지 한번 기다려봅시다."

그때 나탈리에가 들어와 빌헬름에게 미뇽이 기다리고 있다고 말했다.

"미뇽은 지금 펠릭스와 함께 있어요. 당신을 보면 무척 반가워할 거예요."

빌헬름은 약간 걱정스러운 표정으로 나탈리에를 따라갔다. 방금 들은 이야기가 그의 마음을 혼란스럽게 만들었다. 혹시라도 미뇽이 다시 발작을 일으키는 것은 아닌지 걱정스러웠다. 하지만 미뇽의 방으로 들어선 빌헬름은 깜짝 놀랐다.

미뇽은 길게 늘어뜨린 옷을 입고 풍성한 갈색머리를 한쪽으로 빗어 올리고 있었다. 미뇽은 펠릭스를 무릎 위에 앉힌 채 꼭 끌어안고 있었다.

빌헬름은 미뇽이 세상과 완전히 작별을 고한 영혼처럼 느껴졌다. 펠릭스는 이제 막 이파리가 돋은 생명, 그 자체로 여겨졌다. 그 둘의 모습은 마치 하늘과 땅이 서로 포옹하고 있는 것 같았다. 미뇽은 빌헬름을 보자 생긋 웃으며 인사했다.

"아저씨, 펠릭스를 데리고 오셔서 감사합니다. 이 아이가 없는 동안 저는 살아 있다는 생각이 들지 않았어요. 제 마음은 아직도 무언가가 필요한가봐요. 펠릭스가 이런 제 마음을 채워줬어요."

미뇽은 빌헬름을 보고도 마음의 평정을 잃지 않았다. 모두들 안심하는 눈치였다. 의사는 빌헬름에게 자주 미뇽을 만나달라고 부탁하면서 미뇽의 몸과 정신이 균형을 이룰 때까지 이곳에 머물러달라고 부탁했다. 그는 가까운 시일 내에 다시 한 번 방문하겠다는 말을 남기고 돌아갔다.

미뇽은 어느 정도 회복된 것처럼 보였다. 그녀는 여러 사람과 함께 지내고 싶어했다. 미뇽은 다시 예전처럼 빌헬름에게 마음을 털어놓았다. 차차 활기를 띠어가는 미뇽의 모습에 모두들 기뻐하며, 어떻게든 그녀의 병을 치료해주려고 애썼다. 가끔 미뇽도 여러 사람들과 어울려 소풍에 따라나섰는데, 쉽게 피로했기 때문에 빌헬름이 항상 부축하곤 했다.

"저는 이제……"

미뇽이 말을 꺼냈다.

"나무에 올라가거나 뛰어다닐 순 없을 것 같아요. 하지만 지금도 산봉우리까지 달려가거나 지붕에서 지붕으로, 이 나무에서 저 나무로 건너다니고 싶은 생각이 간절해요. 새들을 보면 너무 부러워요. 저토록 귀엽고, 사이좋게 둥지를 만들고 지내는 것을 볼 때마다 저도 새가 되고 싶다는 생각이 들어요."

미뇽은 날마다 빌헬름과 함께 뜰에 나가 산책을 했다. 빌헬름이 바쁘거나 보이지 않을 때면 펠릭스가 대신 미뇽과 함께 시간을 보냈다. 이 사랑스런 소녀는 지상에서 사라질 시간이 멀지 않다는 것을 깨닫고 있는 듯 빌헬름과 펠릭스에게 의지했고, 두 사람과 헤어지는 것을 가장 두려워했다.

나탈리에는 요즘 들어 무엇인가를 골똘하게 생각하는 것처럼 보였다.

"우리가 당신을 이곳에 오게 한 것은 어떻게든 저 아이의 마음을 예전처럼 명랑하게 만들어주고 싶어서였는데……"

어느 날 나탈리에가 빌헬름에게 말했다.

"과연 그게 좋은 방법이었는지 잘 모르겠어요."

이 말을 한 뒤 나탈리에는 입을 다물었다. 그녀는 빌헬름이 무엇인가 말하기를 기다리는 것처럼 보였다. 빌헬름은 테

226 —
Goethe, Johann Wolfgang von

레제와 자신이 결혼하면 그나마 안정을 찾은 미뇽의 감정이
격해져 틀림없이 병이 심해질 것이라고 생각했다. 하지만 그
는 아무것도 결론을 내릴 수가 없었다. 뜻하지 않게 상황이 복
잡해지자 테레제와 결혼하는 것도 선뜻 내키지 않았다.

어느 날 나탈리에와 빌헬름이 산책을 나가려는데, 복도
에서 아이들이 떠드는 소리가 들렸다. 그때 펠릭스가 "아니
야, 내가 말할래!" 하고 외치는 소리와 함께 문이 열렸다.

미뇽이 먼저 방으로 뛰어들어왔다. 하지만 미뇽은 숨을
헐떡이기만 할 뿐, 한마디도 하지 못했다. 그러자 펠릭스가 조
금 떨어진 곳에서 외쳤다.

"테레제 아주머니가 오셨어요."

아이들은 이 소식을 먼저 알리려고 부리나케 달려왔던
것이다. 기운이 빠진 미뇽은 나탈리에의 팔에 힘없이 안겼다.
심장이 빠르게 뛰고 있었다.

"조심하라고 그렇게 일렀는데."

나탈리에가 걱정스런 얼굴로 미뇽을 바라보며 말했다.

"심하게 뛰지 말라고 의사 선생님이 말씀하신 건 벌써

잊었니? 심장이 막 뛰네."

"제 몸은 부서져도 상관없어요."

미뇽은 깊은숨을 몰아쉬며 힘들게 입을 열었다.

"그동안 심장이 너무 오랫동안 뛴걸요. 이제 그만 쉴 때
도 됐어요."

아직 소란이 채 가시지 않았을 때 테레제가 들어왔다.

테레제는 나탈리에 곁으로 다가가 그녀를 가볍게 끌어
안았다. 그리고 미뇽도 껴안았다. 테레제는 맑은 눈빛으로 빌
헬름을 지그시 바라보며 말했다.

"그런데 몸은 좀 어때요? 설마 당신까지 이상해진 건 아
니겠죠?"

빌헬름은 테레제를 향해 한 발 다가섰다. 테레제는 더 이
상 참지 못하고 빌헬름에게 달려들어 그의 목에 매달렸다.

"테레제."

빌헬름이 속삭였다.

"나의 친구! 나의 연인! 나는 언제까지나 당신 곁에 머물
겠어요."

이렇게 외치며 테레제는 몇 번이고 격렬하게 빌헬름과

입을 맞췄다.

펠릭스는 테레제의 스커트를 붙잡고 큰 소리로 외쳤다.

"테레제 아주머니! 나도 있잖아요"

나탈리에는 혹시라도 미뇽이 경련을 일으키는 것은 아닌지, 주의 깊게 안색을 살폈다.

바로 그때 누군가 붙잡을 틈도 없이 미뇽이 왼손으로 가슴을 움켜쥔 채 비명을 질렀다. 그러고는 오른팔을 세차게 떨더니 나탈리에의 발밑에 쓰러져버렸다. 빌헬름이 황급히 미뇽을 일으켰지만 연약한 가슴에선 아무 소리도 들리지 않았다. 미뇽의 몸이 조금씩 빌헬름의 팔에서 빠져나갔다.

잠시 후 의사가 도착했다. 서둘러 응급처치를 했지만 헛수고였다. 의사는 침통한 표정으로 고개를 숙이고 미뇽을 바라보았다. 작은 소녀는 지상에서의 고통을 모두 잊은 듯 조용히 바닥에 누워 있었다.

테레제는 나탈리에가 눈짓을 보내자 빌헬름의 손을 잡고 방을 나왔다. 빌헬름은 한마디도 하지 않았다. 모든 게 꿈만 같았다. 자신의 손을 잡고 있는 사람이 테레제라는 사실도 기억나지 않았다. 거실로 나온 빌헬름은 다리에 힘이 빠지는 것을 느끼며 안락의자에 앉았다. 그는 순간적으로 모든 것이 운명이라고 생각했다. 아니, 생각했다기보다는 오히려 잊고 싶었다. 빌헬름은 자포자기의 심정으로 미뇽의 갑작스런 죽음에 온갖 고통스런 심사가 한꺼번에 뒤엉킨 자신의 마음을 흔들리는 대로 그대로 내버려두었다.

"미뇽을 만나게 해주십시오."

빌헬름이 안락의자에서 벌떡 일어나 큰 소리로 외치며 방을 나섰다.

"내가 미뇽을 죽였습니다. 이렇게 혼자 슬퍼하느니, 차라리 미뇽의 주검을 보며 울부짖는 게 편할 것 같습니다. 제발 나의 천사를 만나게 해주십시오. 미뇽의 얼굴을 보고 싶습니다. 미뇽이 웃으며 떠났다는 것을 확인하고 싶습니다."

여자들은 흥분한 빌헬름을 말릴 용기가 없어 한쪽 구석으로 비켜섰다. 빌헬름이 막 방문을 열고 들어가려는 순간, 의사가 어느 젊은 외과의와 함께 빌헬름을 막았다.

"이 불쌍한 소녀의 곁에서 잠시 물러나주십시오. 당신이 얼마나 상심하고 있는지 잘 압니다. 나도 짧은 시간이지만, 이 소녀의 순수한 영혼을 사랑했습니다. 나는 이 작은 가슴이 한 줌 흙으로 썩어버리는 것을 원치 않습니다. 내 기술이 허락하는 한 미뇽의 미소를 영원히 보존하고자 합니다. 오래 전에 모든 준비를 끝마쳤습니다. 여기 계신 분과 함께 미뇽의 육신을 살아 있을 때와 똑같은 모습으로 만들어놓겠습니다. 이틀이나 사흘이면 충분합니다. 미뇽은 이미 천국의 문을 두드렸지만, 미뇽이 남기고 떠난 생전의 기억만큼은 우리들 곁에 영원히 남게 될 것입니다."

그때 로타리오가 키프리아니 후작과 함께 도착했다.

3일 후 미뇽의 장례미사가 준비되었다. 빌헬름 일행은 미뇽을 만나러 갔다. 장례식이 치러질 방은 이상할 정도로 밝았다. 천장에는 등불이 환하게 켜져 있었고, 아름다운 장식들로 호화롭게 꾸며져 있었다. 벽마다 하늘색 융단이 천장에서 바닥까지 드리워져 있었기 때문에 보이는 것은 제단 위에 올려진 대리석 관뿐이었다. 네 귀퉁이에 놓인 네 개의 양초에서 환한 불빛이 타올랐다. 중앙의 관 부근에도 촛불이 켜져 있었다. 그 곁에 네 명의 소년이 은실로 짠 하늘색 옷을 입고 서 있었다. 마치 관 속에 편안하게 잠들어 있는 미뇽을 위해 넓은 부채로 부채질을 해주는 것처럼 보였다.

모두들 정해진 자리에 앉았다. 그러자 눈에 보이지 않는 합창단이 부드러운 목소리로 노래를 부르기 시작했다.

"그대는 누구를 이 조용한 곳으로 데려왔는가."

네 명의 소년들이 귀여운 목소리로 대답했다.

"외롭고 지친 어느 가련한 친구를 데리고 왔습니다. 먼 훗날 하늘의 형제자매들이 이 작은 친구를 깨울 때까지 우리들 곁에서 편안히 쉴 수 있게 허락해주십시오."

합창단

이곳에 처음 발을 들여놓은 젊은 소녀여. 슬픔으로 그대를 환영하노라. 어린 소년과 소녀들이 더 이상 그대의 뒤를 따르지 않기를. 다만 늙은 노인만이 편안한 마음으로 천천히 이 침묵의 집을 찾아오기를. 오, 사랑스런 소녀여. 이 엄숙한 곳에서 편히 쉬기를!

소년들

친구를 이곳에 데리고 온 것은 참으로 슬픈 일이었습니다. 아, 이

어린 친구가 이곳을 집으로 삼아야 한다니, 부디 우리들도 이곳에 머물 수 있도록 허락하소서. 친구가 잠든 관 옆에서 눈물을 흘릴 수 있게 도와주소서.

합창단

그대들은 이 커다란 날개를 보라. 가볍고 깨끗한 이 의복을 보라. 머리에 두른 황금의 띠가 빛나는구나. 그대들 눈에는 보이는가, 이 아름답고 평화로운 시간이.

소년들

하지만 이 날개가 그녀를 날아오를 수 있게 돕지는 못합니다. 이 옷이 아무리 아름다울지라도 더 이상 그녀를 기쁘게 할 수 없습니다. 오직 태양빛으로 물든 장미꽃만이 그녀의 영혼을 기쁘게 할 수 있습니다.

합창단

소년들이여, 영혼의 눈을 뜨고 바라보아라. 모든 생명의 호흡을 그대들 안에서 피어나게 하라. 지극히 높고 지극히 아름다운 저 생명이 별빛으로 돌아올 때까지.

소년들

아, 진정 슬프도다. 이곳마저 그녀와 그만 작별하라 합니다. 그녀는 더 이상 뜰을 거닐지도 못하고, 이름 모를 들꽃을 감상하지도 못합니다. 우리들을 그냥 이대로 내버려두십시오. 우리는 이제 그녀의 곁을 떠납니다. 부디 잠시 동안 그녀를 추억하며 눈물을 흘릴 수 있게 허락해주십시오.

합창단

소년들이여, 삶으로 돌아오라. 넘실거리는 시냇물을 스치는 산들바람이 그대들의 눈물을 씻을 것이니라. 소년들이여, 밤을 피하라. 낮을 즐기는 것은 살아 있는 자의 의무니라.

소년들

그럼 우리들은 인생으로 돌아갑니다. 밝은 낮이여, 우리들 살아남은 자에게 일과 환희를 허락하소서. 어둔 밤이 다가와 잠들 때까지.

합창단

소년들이여, 남은 삶을 향해 달려가라. 사랑은 아름답고 환한 의
복을 입고, 불사의 관을 머리에 쓰고, 이 세상이 아닌 눈길로 그
대들을 이끌어 가리라.

노래가 끝나자 소년들은 모두 물러갔다. 신부는 의자에
서 일어나 관 뒤편으로 걸어갔다. 신부가 말했다.

"새로 이곳을 찾는 자는 누구든지 엄숙한 의식으로 맞아
들이라는 것이 이 조용한 거처를 준비하신 분의 지시입니다.
우리는 오늘 한 사람의 젊은 타국 소녀를 맞아들였습니다. 이
조그만 소녀는 누구도 용서하지 않는 죽음의 여신을 위해 희
생양이 되었습니다. 정해진 법칙에 따라 우리는 이 세상에 태
어났습니다. 우리가 어머니의 자궁에서 햇빛을 보기까지 정
해진 날짜가 있습니다. 하지만 수명에는 정해진 한도가 없습
니다. 제 아무리 약한 생명의 실이라도 예기치 않은 길이로 늘
릴 수 있는가 하면, 아무리 강한 생명의 실이더라도 모순을 즐
기는 운명의 여신이 가위로 잘라버리는 경우도 많습니다.

여기 이 소녀에 대해 우리는 아무것도 모릅니다. 어디서

태어났는지도 모르고, 부모가 누구인지도 모릅니다. 나이도 다만 추측할 뿐입니다. 굳게 닫힌 소녀의 가슴은 더 이상 소망을 품을 수도 없습니다. 이 소녀에 대해서는 무엇 하나 분명한 것이 없습니다. 야만스런 곡마단 단장으로부터 자신을 구해준 어떤 은인을 사랑했다는 것 외에는 세상에 남겨둔 추억도 없습니다. 이 가련한 애정과 절절한 치정의 상념이 소녀의 생명을 불태워주는 유일한 불꽃이었습니다.

그 어떤 뛰어난 의사의 손길로도 이 아름다운 생명을 되찾을 수 없었습니다. 아무리 간절한 우정일지라도 소녀의 정해진 수명을 연장할 수 없었습니다. 비록 의술이 사그라지는 영혼을 붙들 수는 없었지만, 그 육체를 보존하고 부패로부터 지켜내기 위해 모든 수단을 다 강구했습니다. 많은 양의 향유가 소녀의 혈관으로 스며들어 지금도 생전의 발그레한 볼을 비춰주고 있습니다. 부디 가까이 와서 소녀의 마지막 모습을 지켜봐주시기 바랍니다."

신부는 관을 덮고 있던 베일을 젖혔다. 천사의 옷을 입은 미뇽은 잠든 것처럼 편안한 자세로 관 속에 누워 있었다. 모두들 한 발씩 앞으로 다가가 마치 살아 있는 것 같은 미뇽의 모습을 보고는 놀라워했다. 빌헬름만이 의자에 앉은 채 움직일 생각을 하지 않았다. 그는 도저히 마음을 진정시킬 수가 없었다. 자신이 지금 무슨 생각을 하고 있는지도 모른 채 멍하니 천장만 바라볼 뿐이었다.

신부의 이야기는 후작을 위해 프랑스어로 통역되었다. 후작은 다른 사람들과 함께 미뇽의 유해를 주의 깊게 바라보았다. 신부의 말이 이어졌다.

"굳게 닫혀 있던 이 어린 가슴도 하느님을 향한 믿음만큼은 부족하지 않았습니다. 늘 자신을 비하하는 태도는 겸손이라기보다는 타고난 성품이었을 것입니다. 이 소녀는 그동안 열심히 성당에 다녔습니다. 가끔 저를 만나면 깨끗한 흙 위에서 잠들고 싶다는 말을 하곤 했습니다. 그래서 우리는 교회의 습관에 따라 이 대리석 관과 베개 속에 얼마 안 되는 깨끗한 흙을 넣어두었습니다. 소녀는 죽기 직전까지 온 정성을 다해 자신의 팔에 십자가를 새겨 넣었답니다."

이렇게 말한 후 신부는 미뇽의 오른팔을 걷어올렸다. 그러자 여러 가지 글씨와 기호가 새겨진 십자가가 하얀 피부 위에서 희미하게 빛났다.

그때까지 아무 말도 하지 않던 후작이 미뇽의 팔에 새겨
진 십자가를 유심히 살펴보더니 갑자기 소리쳤다.

"오, 이게 대체 어찌 된 운명이란 말이냐?"

후작은 허리를 펴고는 하늘을 향해 두 손을 들어올리며
울부짖었다.

"이 불쌍한 것아! 그토록 찾아 헤매던 조카딸을 여기서
만나게 될 줄이야. 이 얼마나 고통스런 기쁨인지 모르겠구나.
오래 전에 포기했던 너를, 예전에 호숫가에서 사라진 줄만 알
았던 네 모습을 여기서 다시 보게 될 줄이야. 너는 비록 죽었
지만, 살아 있을 때의 생생한 모습 그대로 나를 반기는구나.
나는 지금 너의 장례식에 참석했단다. 훌륭한 분들이 그동안
나를 대신해 너를 지켜주었구나. 편안히 잠들렴. 부디 천상에
서도 이분들을 위해 기도해다오."

치밀어 오르는 눈물 때문에 후작은 더 이상 말을 잇지 못
했다. 신부가 용수철을 누르자 유해는 대리석으로 만든 관 속
으로 가라앉았다. 앞서 노래를 불렀던 소년들과 똑같은 복장
을 한 네 명의 청년이 문을 열고 들어왔다. 그들은 아름답게
장식된 무거운 뚜껑으로 관을 덮으며 노래를 불렀다.

청년들

이제 소녀는 관 속에 안치되었다. 살아생전의 아름다운 모습이
여, 여기 단단한 대리석 무덤에서 편히 잠들라. 돌아오라, 소녀
여. 그대의 삶으로. 맑고 깊은 영혼으로 돌아오라. 이 영원한 생
명에 잠들라.

모습이 보이지 않는 합창단이 이 마지막 노래에 화답하
여 노래를 불렀다. 누구 하나 말을 꺼내는 사람은 없었다. 한
소녀의 죽음 앞에서 모두 자신만의 감정에 휩싸였던 것이다.
잠시 후 신부와 나탈리에는 비통함에 넋을 놓은 후작을 안내
했고, 테레제와 로타리오가 상심한 빌헬름을 부축해 밖으로
나왔다. 사람들은 합창단의 노래가 들리지 않을 만큼 멀리 떨
어져서야 자신들이 미뇽을 얼마나 사랑하고 있었는지 비로소
알게 되었다.

239

Goethe, Johann Wolfgang von

작품 해설

Goethe, Johann Wolfgang von

괴테의 삶과 문학

　모든 시대를 불문하고 고통은 시인을 낳는다. 하지만 이 신성한 금언도 독일의 위대한 시인 괴테에게는 해당되지 않을 것 같다.

　괴테는 1749년 8월 28일, 마인 강변에 인접한 프랑크푸르트 시의 부유한 상류가정에서 태어나 아쉬운 것 없이 자랐다. 괴테처럼 물질적으로나 정신적으로 부유한 환경에서 성장하여 위대한 예술가가 된 예를 우리는 역사를 통해 거의 만나본 적이 없다.

　황실 고문관이라는 명예직 외에는 이렇다 할 직업도 없

이 부모가 남긴 유산을 관리하며 일생을 평안하게 살아온 괴테의 아버지는 북부 독일 계통의 강인한 성격의 소유자였다. 그는 학문에 대한 이해가 깊었으며, 무엇보다도 아들의 교육에 상당한 심혈을 기울였다. 이와 반대로 프랑크푸르트 시장의 딸이었던 괴테의 어머니는 남부 독일 출신답게 늘 낙천적이었다.

괴테는 이런 어머니의 풍요로운 감수성을 물려받아 어린 시절부터 시를 짓고, 노래를 만들었다고 한다. 괴테는 대학에 입학할 때까지 주로 가정교사를 통해 교육을 받았다. 종교에 관해서는 네 살 무렵부터 배우기 시작했는데, 교회보다는 경건한 어머니의 영향을 많이 받았다. 소년시절 괴테가 읽은 책 중 그가 죽는 날까지 늘 잊지 않고 기억한 책은 단연 성서였는데, 그중에서도 특히 「창세기」를 애독했다고 전해진다.

괴테는 천부적인 재능으로 문학, 역사, 신학, 정치, 법률, 고고학, 수학 등 거의 모든 학문을 쉽게 이해했기 때문에 훗날

아버지와 다른 개인교사들의 가르침만으로는 항상 무언가 부족했다고 고백할 만큼 타고난 천재였다. 특히 어학적인 재능이 뛰어나서 영어, 프랑스어, 이탈리아어는 물론, 그리스어, 라틴어, 히브리어까지 섭렵했다. 그러나 무엇보다도 당시 유행하던 모든 문화를 손쉽게 접할 수 있었던 유복한 환경과 어머니의 지극한 사랑이야말로 괴테가 먼 훗날 문화라고까지 불릴 수 있는 원동력이 되었다.

어린 시절 괴테의 문학적 성숙에 가장 큰 영향을 미친 사건은 프랑스와 독일의 7년전쟁일 것이다. 독일은 이 전쟁에서 패배하여 괴테가 사는 프랑크푸르트에도 프랑스군이 주둔하게 되었는데, 이때 괴테의 집에 3년간 점령군 군정관 토랑 백작이 머물면서 소년 괴테에게 미술과 연극 및 라신과 몰리에르의 많은 작품들을 가르쳤고, 이것이 소년을 본격적인 문학의 길로 인도하는 등불이 되었다.

괴테의 파란만장한 생애는 그가 태어난 18세기의 문화

• • •

적 · 역사적 사건들과 상당히 밀접하게 연결되어 있다. 그의 작품 또한 자신이 겪은 시대의 변화와 무관하지 않았다.

한마디로 괴테의 시대는 격정의 시대였다. 괴테의 삶과 문학에 큰 영향을 미친 프랑스 대혁명은 그가 마흔 살 때 일어났고, 7월혁명은 여든한 살 때의 일이었다. 이밖에도 괴테는 7년전쟁, 미국의 독립전쟁, 나폴레옹의 유럽 원정 및 독일 해방전쟁 같은 세계사적인 대사건을 모두 지켜보았다. 이처럼 인류사적으로 결코 적지 않은 파장을 끼친 수많은 사건들이 괴테의 인생과 문학의 토양이 되었다고 할 수 있다.

더구나 괴테의 모국인 독일은 당시 정확하게 그 수를 파악할 수 없을 정도로 많은 공국公國들로 이루어진 연방제였기 때문에 혼란상이 극에 달해 있었다. 각각의 공국마다 왕, 선거후 및 여러 귀족들이 자신들의 세습 영지를 관리하며 절대권력을 행사했다. 독일의 이 같은 정치적 세분화는 경제적 세분화로 이어졌고, 이 때문에 영국이나 프랑스보다 사회적 발전이 훨씬 뒤떨어져 있었다.

1765년 가을, 아버지의 뜻에 따라 괴테는 법률 공부를 하기 위해 라이프치히대학에 입학했다. 하지만 대학보다 이 도시의 화려한 뒷골목에서 괴테는 더 많은 것들을 배웠다. 라이프치히는 당시 프랑스의 파리와 비교될 정도로 독일이 자랑하는 최고의 문화도시였다. 괴테는 그동안 누려보지 못한 자유를 만끽하며, 문학과 예술의 세계에 도취되었다. 이곳에서 괴테는 케트헨 쇤코프라는 세 살 연상의 소박한 처녀를 만나 사랑에 빠지기도 했다. 그러나 젊은 시인의 격렬한 감정과 질투를 견딜 수 없었던 케트헨은 얼마 후 다른 남자와 결혼했고, 이 쓰라린 연정의 상처가 괴테의 문학적 감수성을 지피는 계기가 되었다.

하지만 무질서한 생활로 말미암아 괴테는 각혈을 하게 되었고, 결국 1768년 고향인 프랑크푸르트로 되돌아왔다. 한

적한 프랑크푸르트에서 요양하던 중 괴테는 어머니의 친구이자 헤른후트 교파의 경건한 신도인 클레텐베르크라는 노처녀와 사귀게 되어 종교적인 신성에 강한 자극을 받았다. 초감각적인 세계가 보여주는 신비한 힘에 이끌린 괴테는 한동안 중세의 신비철학을 연구하는 데 몰두했다. 이 책에 실린 「아름다운 영혼의 고백」은 바로 클레텐베르크와의 만남을 영원히 추억하기 위해 쓴 작품이었다.

1770년 괴테는 다시 스트라스부르대학에 편입했다. 그해 가을 괴테는 위대한 문학적 스승이자 동지인 헤르더를 만난다. 젊은 괴테의 능력을 높이 평가한 헤르더는 새로운 시대를 구현할 문화혁명을 주창하는데, 그것은 다름 아닌 독창적인 개성만이 유일한 가치이므로 모든 사회적·관습적 법칙으로부터 초월할 수 있어야 한다는 질풍노도(슈투름운트드랑)의 정신이었다.

괴테는 헤르더와 함께 질풍노도 운동에 정열을 쏟는 한

편, 제젠하임 지방의 주재목사 딸인 프리데리케를 만나 새로
운 사랑을 시작했다. 하지만 질풍노도의 자유정신에 심취한
괴테는 자신의 조용한 사랑에 안주할 수 없다는 불안감으로
그녀와 헤어졌고, 대신 아름다운 사랑의 체험을 통해 많은 서
정시를 남겼다.

질풍노도 시절의 대표적 작품으로는 『괴츠 폰 베를리힝
엔』과 『젊은 베르테르의 슬픔』을 꼽을 수 있다. 이 두 작품을
발표할 무렵 괴테는 스피노자를 연구하고 있었다. 신과 세계
의 관계는 영혼과 육체를 나눌 수 없는 것과 마찬가지이며, 하
나의 개인은 곧 하나의 자연, 즉 신의 또 다른 표현이라고 주
장한 이 유대계 네덜란드 철학자에게 경도된 괴테는 이후 스
피노자의 범신론을 숭배하게 된다.

1775년 초, 괴테는 프랑크푸르트의 상권을 쥐고 있는 은
행가의 딸인 릴리 쇠네만과 사귀게 되었다. 그리고 얼마 후 정
식으로 약혼하기에 이른다. 하지만 독일 서민들의 궁핍한 생

활에 대한 자책과 자신이 속한 귀족사회의 관습적인 삶에 혐오를 느낀 괴테는 약혼을 파기해버리고 만다.

바로 그때 바이마르의 영주 카를 아우구스트 공公이 괴테를 초청했고, 괴테는 혼란한 마음을 정리하기 위해 바이마르 공국으로 향한다.

바이마르 공국은 인구가 겨우 10만 명에 불과한 소국이었다. 수도 바이마르의 인구 또한 6000명에 불과했다. 하지만 작은 프러시아로 불리는 데서 알 수 있듯이 전형적인 독일의 봉건국가였다.

괴테는 한동안 궁정 귀빈으로 그곳에 머물렀지만 이듬해인 1776년 추밀원 고문관으로 임명된 후 10여 년간 바이마르 공국의 정사政事에 참여한다.

괴테는 비록 시인이었지만, 자신의 사회적 책무에 대해서도 무척 오랫동안 고심해왔다. 고민 끝에 그는 바이마르 공국에서 자신의 문학적 사명을 정치적으로도 실천해봐야겠다

• • •

고 결심한다. 괴테는 아우구스트 공의 절대적인 신뢰를 바탕으로 먼저 문화사업에 뛰어들었고, 얼마 후 수도 바이마르는 괴테를 중심으로 한 독일 문화의 모태가 되었다.

괴테는 바이마르에서의 정치적 활동을 통해 질풍노도가 표명하는 루소적 자유주의의 한계를 절감했다. 그는 이 한계를 극복하기 위해 공동체와 개인의 조화를 갈망하는 고전주의를 주목하게 된다.

그렇다면 여기서 괴테의 정치적 업적에 대해서도 한번 살펴보도록 하자.

괴테는 고역에 시달리며 착취당하는 농민들을 위해 강압적으로 수탈한 농지를 회복하고, 매달 교회에서 강제적으로 징수했던 십일조를 개인의 선택으로 법제화했다. 이밖에도 군비축소 등 당시로서는 과감한 개혁을 단행했고, 광산 및 산림 개발, 토목사업, 대학 설립 등에 진력했다. 이 시기는 문학사적으로 볼 때 괴테에겐 암흑기였지만, 문학의 힘으로는 불가능했던 현실 사회에서의 활동이라는 점에서 괴테의 남은 생에 지대한 영향을 미쳤다.

특히 광산의 개량사업을 계기로 괴테는 광물과 지질을 연구하게 되었고, 자연과학에도 높은 관심을 보여, 1784년 인간에게도 간악골間顎骨이 있다는 생물학적으로 중요한 논문을 발표한다. 이 작은 논문은 후일 진화론의 본격적인 연구에 많은 도움을 주었다.

이 무렵, 괴테의 개인적인 생활에서도 중요한 전기가 나타난다. 바로 슈타인 부인과의 사랑인데, 그녀는 괴테보다 무려 일곱 살이나 연상이었으며, 이미 일곱 명의 자녀를 둔 어머니였다. 처음에는 단지 예술적인 이해를 바탕으로 만남을 가졌으나, 그것이 사랑으로 발전되었다.

그런데 1786년 괴테는 돌연 바이마르를 떠나 이탈리아 여행을 시작한다. 세간에는 이것이 슈타인 부인과의 관계를 청산하기 위한 일종의 도피였다는 해석이 많았지만, 가장 큰 이유는 다른 곳에 있었다. 즉 바이마르에서 괴테는 정치적인 한계를 절감했던 것이다. 그것은 한계라기보다는 오히려 좌절이었으며, 패배였다. 그의 새로운 개혁은 귀족사회로부터 철저히 외면당했고, 또 환영해주리라 믿었던 서민들로부터는 조롱당했다. 이 뜻하지 않은 난관에 괴테의 섬세한 감정이 크게 상처를 입었던 것이다.

게다가 외면적으로는 화려하지만, 이미 썩을 대로 썩은 궁정의 추악한 본성에 괴테는 더 이상 버틸 힘이 남아 있지 않았다. 그동안은 어떻게든 이 추악한 현실과 타협하려고 노력했으나, 어느 순간부터 자신의 내면에서도 이와 비슷한 자기모순이 반복되고 있다는 자각에 참지 못하고 이탈리아로 떠나버린 것이다.

1786년부터 1년 9개월간 괴테는 이탈리아를 여행했다. 이 여행은 정치가 괴테에서 시인 괴테로 되돌아오는 기회였다. 이탈리아에서의 체험이 없었더라면 독일의 고전문학은 세계문학사의 한 페이지를 그토록 위대하게 장식할 수는 없었을 것이다. 이 여행을 통해 괴테는 르네상스 시대의 건축, 회화, 조각 등을 관찰하면서 자신의 본분은 어디까지나 문학이라는 점을 깊이 인식했다.

『에그몬트』는 1787년 이탈리아에서 완성된 희곡인데, 이 작품을 계기로 괴테는 질풍노도에서 고전주의로의 복귀를 모색하게 된다.

바이마르 시절에 완성한 산문 『타우리스의 이피게니에』를 운문 형식으로 개작한 것도 이탈리아에서였다. 이 작품은 괴테가 처음으로 고전주의적인 인물 묘사를 활용한 작품이었다.

시칠리아를 여행하면서 괴테는 지질학에 더욱 많은 관심을 갖게 되었고, 식물에 대한 관심도 높아졌다. 괴테는 자연과 인간을 동일한 생명원리로 순환하는 세계라고 이해했으며, 이런 사상적 기반을 토대로 영원히 반복되는 생명의 숙명과 영원히 불변하는 절대자와의 내면적 소통에 깊은 관심을 갖게 되었다. 이 같은 시도가 훗날 발표한 『식물 변태론』을 통해 드러나는데, 이 작품 또한 이탈리아 여행 중에 계획되었다. 1816년 출간된 『이탈리아 기행』은 이탈리아에서 겪은 에피소드를 모은 기행문이지만, 고전문학의 성립 과정이 담겨 있는 귀중한 문헌이라고도 할 수 있다.

1788년 6월, 괴테는 바이마르로 돌아왔다. 그는 바이마르 공에게 간청해 실제적인 행정에서 물러나, 명예직인 국무대신으로 머물렀다. 약동하는 남국을 호흡하고 돌아온 이 고전주의자에게 북국의 황량한 자연과 문명에 개화되지 못한 사람들은 그저 답답하게만 여겨졌다. 더군다나 슈타인 부인과의 사랑도 예전 같지 않았다.

그 무렵, 괴테는 크리스티아네라는 아름다운 소녀를 만난다. 그녀는 조화 공장에서 일하는 가난한 여공이었다. 괴테는 정치적·문화적 상실감에서 비롯된 마음의 고독을 치유하고자 열병에 시달리는 소년처럼 크리스티아네를 사랑했다. 그리고 다음해 둘 사이에 아들 아우구스트가 태어났다. 하지만 봉건적인 신분의 차이를 쉽게 극복할 수는 없어, 괴테는 18년 후에야 크리스티아네와 정식으로 결혼할 수 있었다.

문학사적인 대사건으로 꼽히는 괴테와 실러의 만남은 괴테가 이탈리아에서 돌아온 직후 이루어졌다. 그때까지만 해도 괴테는 실러를 급진주의자로 오해했기 때문에 그다지 호감을 갖지 못했다. 그래도 그의 능력만큼은 높이 평가해 예나대학의 역사학 교수로 추천했다. 이런 괴테가 실러와 가깝게 된 계기는 1794년 이후 실러가 청년시절의 격정을 어느 정도 누그러뜨린 후 고전주의를 표방하면서부터였다.

두 시인의 우정은 1805년 실러가 죽을 때까지 굳게 맺어졌다. 창작을 위해 서로를 자극하면서 두 시인은 수많은 명작을 탄생시켰다. 하지만 괴테와 실러의 창작 방법은 본질적으로 큰 차이가 있었다. 괴테가 현실을 바탕으로 개인의 이상을 사회 전체로 확장시키는 작가였다면, 실러는 이념을 기초로 현실을 해석하고, 그 해석 위에 사회의 이상을 개인에게 전달하는 작가였다. 물론 실러는 인간의 자유를 최고의 가치로 평가한 몇 안 되는 시인이자 극작가였지만, 한 가지 아쉬운 점은 자유를 관념으로 이해한다는 점이었다. 괴테도 실러의 이 점을 늘 안타깝게 생각했다.

괴테의 사상적 모태는 자신의 작품을 가리켜 '한 개인의 고백적 단편'이라고 정의하듯이 결코 관념이 아닌 생활이었다. 이는 같은 독일의 대시인인 하이네가 실러의 작품에 등장하는 이상적 인물들은 괴테의 작품에 등장하는 평범한 인물들보다 훨씬 묘사하기 쉽다고 말한 점에서 알 수 있듯이 문학적으로 가장 순수하고 완성된 사상이었다.

1789년 프랑스 대혁명이 발발했다. 이 놀라운 변화의 몸부림은 먼 이국의 독일까지 뒤흔들었다. 하지만 괴테는 이 새로운 시대의 도래를 그리 환영하지 않았다. 그는 혁명의 불길이 프랑스에서 타오르기 훨씬 이전부터 이미 질풍노도적인 혁명의 한계를 깨닫고, 적극적인 투쟁보다는 공동체의 조화를 통해 향상을 도모하는 고전주의자로 변모했기 때문이었다.

물론 괴테는 프랑스 대혁명의 이상과 정신에는 충분히 동감했다. 다만 혁명 이후 사회의 극심한 혼란과 파괴적인 보복에는 크게 반발했다. 그는 다년간에 걸친 자연과학적 연구를 바탕으로 진화론을 신봉하게 되었는데, 이 진화론에 입각해 괴테는 사회의 진보란 유기적인 질서 속에 조직적으로 이루어져야 한다고 굳게 믿고 있었다. 이탈리아 여행 이후 조화와 균형에 대한 괴테의 끝없는 동경은 프랑스 대혁명의 파괴적인 폭력행위를 결코 용납할 수 없었던 것이다.

괴테는 인간성을 상실한 폭력적인 혁명을 비판하고자

직접 몇 편의 희곡을 발표했지만, 시대의 흐름을 거스를 수는 없는 일이었다. 1797년에 발표한 고전주의의 대표적인 서사시 『헤르만과 도로테아』에서도 괴테는 프랑스 대혁명에 대한 반발을 은연중에 표현했다. 그 때문에 발표 직후 적잖은 비난에 시달려야 했다.

괴테는 프랑스 대혁명을 비롯해 10여 년간 지속된 유럽의 파동에 휩쓸리지 않고자 노력했다. 대신 혁명이라는 새로운 변화에 휩쓸린 인간의 삶을 고찰하면서 자신만의 독창적인 세계를 구축하기 위해 심혈을 기울였다.

장편소설 『빌헬름 마이스터의 수업시대』는 1796년이 되어서야 완성되었다. 원래 괴테는 이 작품을 일찍이 바이마르 시절부터 구상했지만, 외적인 환경 때문에 먼 훗날에야 비로소 완성할 수 있었다. 이 소설을 통해 괴테는 처음으로 '교양'과 '인격의 완성'에 대한 자신의 이념적 의식을 표출하게 된다. 아무리 혼미한 인생일지라도, 혹은 실패가 거듭되는 괴로운 나날일지라도 오직 자기 자신에게 충실할 때만이 결국 구원에 도달할 수 있다는 사상이 작품의 주제였다.

무엇보다도 괴테의 창작욕을 자극했던 것은 질풍노도에 매진했던 청년시절부터 늘 머릿속에서 떠나지 않았던 극시劇詩 『파우스트』였다. 다행히 이 대작은 혁명의 혼란 속에서도 조금씩 진척되었다. 괴테는 전설에 등장하는 파우스트 박사를 가장 인간적인 인간으로 묘사했는데, 지식, 향락, 실천으로 이어지는 삶의 행로를 생생하게 표현하려고 애썼다.

1805년 절친한 친구이자 동지였던 실러가 죽었고, 1806년에는 18년 동안 동거했던 크리스티아네와 정식으로 결혼했다. 하지만 지칠 줄 모르는 괴테의 열정은 다음해인 1807년에 에센에서 프로만 서점 주인의 양녀인 열여덟 살의 미나를 향한 애정으로 이어졌다. 이 사랑의 실패가 소설 『친화력』의 계기가 되었다.

이 소설은 소위 이중간통이라는 비정상적인 내용을 다루고 있지만, 괴테가 표현하고 싶었던 주제는 자연계에서 빚어지는 교류 친화가 인간의 사랑하는 감정에서도 발견될 수 있다는 학문적 깨달음이었다. 이 소설을 전후하여 『빌헬름 마이스터의 편력시대』 및 자서전이라고 할 수 있는 『시와 진실』 같은 대작들도 서서히 완성되었다.

1808년 괴테는 나폴레옹과 세 번의 만남을 가졌다. 두 사람이 처음 만났을 때 나폴레옹이 일곱 번이나 읽었다는 『젊은 베르테르의 슬픔』이 화제가 되었는데, 나폴레옹은 괴테와 작별하면서 "당신이야말로 진정한 인간입니다!"라고 외쳤다는 일화가 전해지고 있다.

1812년 나폴레옹이 러시아에 패하자 프랑스의 지배에서 벗어나려는 운동이 프러시아를 중심으로 독일 전역에 확산되었다. 독일 해방전쟁이 태동하기 시작한 것이다. 대부분

• • •

의 작가 및 지식인들은 프랑스를 배격하는 이 열광적인 애국
운동에 적극적으로 앞장섰다. 하지만 괴테는 비록 독일의 해
방을 원했지만, 아무 이유 없이 프랑스를 증오할 수만도 없
었다.

　당시 독일은 괴테의 눈으로 볼 때 도저히 국가로 성립될
수 없는 지경이었다. 게다가 나폴레옹의 지배 덕분에 독일은
기존의 봉건적 질서가 타파되어 시민적 자유가 한창 무르익
을 때였다. 괴테는 독일 민족에 대한 자신의 사랑을 한 번도
의심한 적이 없었지만, 그가 당시 매진하고 있던 세계시민이
라는 이상적 변명을 앞세워 독일 해방전쟁을 냉정한 시각으
로 방관했다.

　프랑스 대혁명으로 촉발된 전란이 유럽을 뒤흔들 무렵,
괴테는 조용히 동방으로 시선을 돌렸다. 이때 괴테는 14세기
페르시아의 서정시인인 하피스의 작품을 읽고 크게 감동해
스스로 현대의 하피스가 되기로 작정했다. 그렇게 1814년부

터 이듬해까지 괴테의 모든 문학적 소양과 사상을 집대성해 완성시킨 작품이 바로 『서동시집』이다.

　　『서동시집』을 구상하던 1814년 괴테는 라인 지방을 여행하다 프랑크푸르트에서 은행가인 빌레머의 집을 방문하는데, 그곳에서 교양을 갖춘 양녀 마리엔네를 보고 마음이 이끌렸다. 돌아오는 길에 그녀에게 사랑을 고백하고자 다시 그 집을 방문했지만, 마리엔네는 이미 양아버지였던 빌레머의 아내가 되어 있었다. 이후 마리엔네에 대한 괴테의 사랑은 시를 주고받는 정신적인 교류로 이어졌다. 이 사랑이 『서동시집』에 실린 「줄라이카 시편」에 거의 그대로 묘사되어 있다.

　　나폴레옹이 몰락한 1815년, 오스트리아의 빈에서 회의가 열려 유럽에 다시 평화가 찾아왔다. 이때부터 괴테는 조용한 구도자적 만년을 준비하기 시작했다. 몇 차례의 전쟁을 겪으면서 바이마르 공국은 대공국이 되었고, 새로운 헌법이 시행되어 괴테에게도 최고의 영예와 예술과 교육을 감독하는

• • •

명예직이 주어졌다. 1816년 아내 크리스티아네가 세상을 떠났고, 이듬해 바이마르 궁정극장 감독에서도 물러난 괴테는 다시 자유로운 생활을 누렸다.

　괴테는 건강을 위해 자주 온천을 찾았는데, 1822년 마리엔바트에서 열아홉 살밖에 안 된 울리케를 만나 정열적인 사랑에 빠졌다. 다음해 여름을 괴테는 이 아름다운 소녀와 함께 마리엔바트에서 지냈다. 육신은 비록 시들어버렸지만 정열만큼은 조금도 변함이 없던 괴테는 울리케에게 청혼했지만, 세상물정 모르는 소녀는 겁에 질려 노시인의 사랑을 거절했다. 이 사랑의 상처가 삶에 대한 고뇌와 맞물려 「마리엔바트 비가」로 세상에 나왔다. 울리케에 대한 애정도 점차 식어가면서, 괴테는 거의 외출도 하지 않는 채 1823년 그를 방문한 에커만을 비서로 채용했다. 그리고 에커만은 괴테와의 대화를 빠짐없이 기록해 그 유명한 『괴테와의 대화』를 출간한다.

　괴테는 이처럼 만년을 평온하게 지내면서도 내면적으로

263

는 끊임없는 노력을 계속하며 초인적인 창조활동에 매달렸다. 그 결과 『빌헬름 마이스터의 편력시대』와 『파우스트』 제2부가 완성되었고, 시집, 자서전 및 과학 논문까지 꾸준히 발표되었다.

『빌헬름 마이스터의 편력시대』는 『빌헬름 마이스터의 수업시대』의 속편으로 1807년부터 29년까지 집필한 장편소설인데, 인생의 한계를 깨달을 수 있는 자만이 가장 위대한 삶을 살 수 있다는 '생의 체념'이 응축된 작품이다.

『파우스트』 제1부가 어쩔 수 없이 사회적 관습에 좌우될 수밖에 없는 인간이 가장 인간답게 살 수 있는 방법을 모색하는 과정이었다면, 『파우스트』 제2부는 관습 및 숙명을 뛰어넘은 인간이 자신만의 새로운 세계를 창조하고 싶은 열망에 시달리는 고통을 묘사했다고 할 수 있다. 『파우스트』 제2부는 현재까지도 그 진의가 논의되고 있는 문제작이며, 자신의 삶을 끝까지 포기하지 않고 성취하려는 자는 언젠가 구원을 얻게

된다는 괴테의 삶과 철학이 그대로 녹아든 사상극이라고 할
수 있다.

　1830년 프랑스에서 또다시 7월혁명이 일어났다. 연로한
괴테는 이제 혁명 같은 정치적 구호에는 아무런 관심도 보이
지 않았다. 오히려 거의 같은 시기에 프랑스의 과학 아카데미
에서 벌어진 종種의 가변성과 불변성에 대한 논증을 관람하고
싶어했다. 이 자연과학 논쟁은 훗날 다윈의 『종의 기원』이 탄
생하는 사상적 기반이 되었다.

　1832년 3월 22일, 영원한 빛을 갈구하며 삶의 고단한 행
로를 걸어온 괴테는 여든세 살의 생애를 조용히 정리했다. 괴
테는 분명 인간의 한계를 극복한 천재였다. 하지만 결코 신은
아니었다. 그는 어디까지나 수많은 결함에 둘러싸인 인간이
었던 것이다. 그런 그가 우리 시대까지 위대한 작가의 전형으
로 군림할 수 있었던 것은 휴머니스트로서, 또는 이상주의자

• • •

로서 진실한 아름다움을 위해 자신의 생애를 남김없이 희생
할 수 있는 위대한 인간이었기 때문이다.

「아름다운 영혼의 고백」

「아름다운 영혼의 고백」은 괴테의 초기 대표작인 『젊은
베르테르의 슬픔』의 연장선상에 있다고 할 수 있는 작품이다.

그 이유는 여러 가지가 있겠으나, 먼저 이 두 작품이 모
두 '청춘'을 주제로 하고 있다는 공통점이 있다. 두 작품에 일
관되게 등장하는 '청춘'은 사랑에 방황하는 젊음이다. 베르테
르와 필리스(「아름다운 영혼의 고백」에 등장하는 여주인공)는 가
슴 아픈 사랑으로 자신들의 청춘을 자각한다. 하지만 이 사랑
은 육체적인 욕망과 정신적인 성숙과의 갈등으로 늘 고통스
럽기만 하다. 괴테는 이런 갈등이야말로 청춘의 통과의례로

생각했고, 젊음의 고통이 무엇인지 알고 싶다면 『젊은 베르테르의 슬픔』을 읽어보면 된다는 말을 자주 했다고 한다. 그의 말을 빌려 젊은 날의 사랑이 무엇인지 알고 싶다면 이 「아름다운 영혼의 고백」을 읽어보는 것도 한 가지 방법일 것이다.

『젊은 베르테르의 슬픔』이 젊은 남성의 이야기인 데 반해, 「아름다운 영혼의 고백」은 한 젊은 여성의 인간적인 성장을 기록하고 있다. 비록 『젊은 베르테르의 슬픔』에 묘사된 사랑의 비극이 더욱 가슴 저미는 것도 사실이지만, 「아름다운 영혼의 고백」이야말로 쉽게 털어놓을 수 없는 내면적인 고뇌를 체험적으로 기술하고 있다.

「아름다운 영혼의 고백」에 등장하는 필리스는 베르테르와 달리 사회적 약자일 수밖에 없는 여성이다. 그렇기 때문에 그녀는 자신이 살아가는 시대의 모순과 종교적인 갈등 속에서 사랑을 지켜내야 하는 의무를 강요받는다. 이런 의무는 오늘날에도 많은 사람들이 반감을 갖지만, 결국 승복할 수밖에 없는 관습의 억압이기도 하다. 괴테는 『젊은 베르테르의 슬픔』에서 자살을 택함으로써 관습에 억눌리지 않는 사랑의 불변을 주장했지만, 이 「아름다운 영혼의 고백」에서는 베르테르의 시선과 상반되는 여성의 관점으로 새로운 극복의 길을 제시하려고 했다.

「아름다운 영혼의 고백」의 주인공인 필리스는 열두 살 때 숙모의 연애담과 성서를 통해 인간의 성욕을 깨달은 소녀로 묘사된다. 그러나 동시에 『기독교도가 된 독일의 헤라클레스』나 『로마의 옥타비아』와 같은 종교적인 소설을 애독하며, 여성으로서 어느 정도 감수해야 할 신분적 제약을 신이라는 절대자를 통한 자기초월로 극복하고 싶어하는, 현대적인 감수성을 동시에 갖춘 인물이라고 할 수 있다.

「아름다운 영혼의 고백」은 서간 형식과 고백체를 적절히 활용해 주인공의 내면심리뿐 아니라 당시의 시대적 환경에 대한 적나라한 비판과 리얼리즘적인 문학성으로 괴테의 작품

활동 초기에 즐겨 활용한 경향소설의 전형을 확인하게 된다.

괴테는 『젊은 베르테르의 슬픔』 제2부에서 공직에 나간 베르테르의 입을 빌려 자신이 경험한 상류사회의 부패를 매우 자세히 묘사했는데, 이 「아름다운 영혼의 고백」에서는 봉건적인 궁정사회에 대한 비판을 시도했다.

당시만 해도 젊은 여성의 눈으로, 더군다나 상류계급 여성의 시각으로 봉건적인 사회관습을 비판함으로써 상당한 센세이션을 불러일으켰다. 특히 교양적 여성에 대한 사회의 불평등한 편견처럼 여성이 아니고서는 그 차별의 심각성을 깨달을 수 없는 부분에까지 손을 미쳤다는 것은 괴테가 당시의 시대, 그중에서도 여성의 사회적 신분에 얼마나 많은 관심을 가지고 있었는지를 짐작하게 하는 대목이다.

「아름다운 영혼의 고백」은 일종의 교양소설이다. 이 교양소설이라는 장르는 소위 성장소설로 불리는 독일문학만의 독특한 소설형식인데, 한 인간이 그를 둘러싼 사회적 폐습과 문화로부터 벗어나 자아와 세계의 끊임없는 갈등 속에 진실한 자신을 발견해 나가는 과정을 그리는 소설형식이다.

이 「아름다운 영혼의 고백」은 장편소설 『빌헬름 마이스터의 수업시대』(전8권) 중 6권에 해당되는데, 기존의 줄거리와 상관없는 독립된 작품이라고 할 수 있다.

작품의 줄거리는 괴테가 19세 때 알게 된 당시 46세였던 주자나 클레텐베르크의 일기를 기초로 만들어졌으며, 주인공인 필리스도 사실상 그녀를 모델로 구상된 인물이다. 클레텐베르크는 젊은 시절부터 괴테의 어머니와 절친한 친구 사이였으며, 헤른후트 교파의 중심적인 인물로 활동한 여성이기도 했다. 무엇보다도 헤른후트 교파의 경건한 신앙심을 괴테의 어머니에게 전해준 장본인이 바로 클레텐베르크였다. 당시 대학생이었던 괴테는 라이프치히에서의 무절제한 생활로 중병을 얻어 몸과 마음이 모두 지친 상태였다. 그는 요양을 위해 잠시 고향인 프랑크푸르트로 돌아왔는데, 이곳에서 어머니의 소개로 클레텐베르크를 알게 된 것이다.

쓰라린 사랑의 실패와 갑작스럽게 찾아온 육신의 질병으로 실의에 빠진 괴테는 완숙한 아름다움과 숭고한 정신을 지닌 클레텐베르크를 어머니처럼, 때로는 누나처럼 믿고 의지하다가, 나중에는 사랑하는 연인으로 여기며 자신의 내면적 불안과 고통을 숨김없이 털어놓았던 것이다. 이때의 체험으로 괴테는 방종한 생활에서 어느 정도 자신을 회복할 수 있었고, 몸도 점차 예전의 기력을 되찾아갔다.

병이 거의 완쾌되었을 무렵, 괴테는 클레텐베르크를 따라 헤른후트 교파의 신도가 되려고 했으나, 우연한 기회에 인간의 원죄에 대한 헤른후트 교파의 극단적인 경건주의에 반감을 느껴 완전히 결별하고 말았다.

클레텐베르크는 오직 자신의 신앙만을 인생의 기쁨이자 희망으로 여기며, 아무런 회의나 의심 없이 인생을 신에게 의탁했다. 이에 반해 「아름다운 영혼의 고백」은 비록 클레텐베

271

르크의 수기를 기초로 쓴 것이지만, 욕망과 내면의 갈등에 번민하는 젊은 여성의 성장기로서 괴테만의 철학과 종교관이 덧붙여진 소설로 읽어야 할 것이다. 괴테 또한 이 작품이 클레텐베르크의 자화상으로 이해되길 원치 않았으며, 세상과의 타협을 거부했던 한 여성의 진지한 내면적 투쟁을 그린 작품으로 이해해달라고 주문했다.

「미뇽 이야기」

미뇽이라는 소녀는 괴테의 작품에 등장하는 여러 여성들 중에서도 가장 특색 있는 인물로 꼽힌다. 「아름다운 영혼의 고백」에 등장하는 내성적인 필리스보다 늘 생기발랄하게 약동하는 미뇽의 성격이 더욱 친근하게 느껴진다. 필리스가 최상류층인 귀족계급의 유복한 여성임에 반해, 미뇽은 하층

계급인 곡마단 출신의 불우한 소녀이다. 물론 필리스의 고뇌에 대한 묘사도 결코 평범하진 않지만, 미뇽이야말로 괴테가 그린 많은 인물들 중 가장 특이한 성격으로 묘사되고 있다.

이런 이유 때문에 괴테의 여러 작품 중에서도 간결성과 구상성에서 가장 뛰어나게 묘사된 인물로 미뇽을 꼽는 평론가들도 많다. 특히 미뇽이 작중에서 부르는 몇 곡의 노래는 당시 억압받던 독일 민중의 심정을 그대로 반영하여 많은 감동을 주었고, 그중에서도 「당신은 아시나요, 저 레몬꽃 피는 나라를」이라는 노래는 베토벤, 슈만, 슈베르트, 리스트에 의해 작곡되는 등 세계에서 가장 유명한 노래 중 하나로 손꼽힌다.

만약 대중성을 기초로 괴테의 작품을 논한다면, 『파우스트』의 여주인공인 그레트헨과 더불어 이 미뇽이 쌍벽을 이룬다고 할 수 있다. 양쪽 모두 가련한 소녀이며, 보기 드문 매력의 소유자들이다. 그런데 엄연히 한 작품의 주인공인 그레트헨과 달리 미뇽은 괴테가 『빌헬름 마이스터의 수업시대』에 좀

273

더 리듬감을 주기 위해 곡마단의 미뇽이라는 소녀를 등장시켰다고 한다.

　　미뇽은 도시에서 마을로, 마을에서 도시로 떠돌아다니는 곡마단 일당에게 유괴되어 출생의 비밀을 간직한 채 달걀춤이라든가 줄타기를 강요당한다. 소설의 도입부에서 괴테는 빌헬름의 입을 빌려 미뇽이 사내아이인지 계집아이인지조차 구별이 안 될 만큼 모호한 성별을 부여한다. 당시 미뇽은 열두 서너 살의 소녀였는데, 힘겨운 곡마단 생활에도 불구하고 발랄한 행동과 이국적인 언사로 신비롭게 묘사된다.

　　소설의 중반부에서 미뇽은 자신을 구해준 빌헬름에게 아버지로서, 오빠로서, 연인으로서 애정을 느끼기 시작하는데, 빌헬름에 대한 미뇽의 사랑은 자신의 고향인 이탈리아에 대한 동경과 함께 결코 손에 넣을 수 없는 사랑이 되고 만다. 고향을 그리는 미뇽의 마음은 예술의 나라 이탈리아에 대한 괴테의 동경이 형상화된 것이며, 빌헬름에 대한 사랑은 영원한 애정을 희구하지만, 늘 사랑의 상처와 열병에 시달려야 했던 괴테 자신의 심사를 반영한 것이다. 괴테는 미뇽과 빌헬름이 서로 마주보고 대화를 나누는 어떤 장면에서 눈물을 흘리며 집필했다고 한다.

빌헬름 또한 처음에는 단순한 의협심으로 곡마단 단장에게 착취당하는 어린 소녀를 구출해내지만, 시간이 지날수록 이 버림받은 소녀에게서 인생의 고난에 힘겨워하는 자신을 발견하곤 더욱 사랑하게 된다.

이 작품에는 빌헬름과 미뇽 외에 또 한 명의 중요한 등장인물이 있는데, 바로 하프를 연주하는 떠돌이 노인이다. 이 노인은 중요한 순간마다 빌헬름의 상처를 어루만지고, 미뇽의 쓰라린 연정의 고통을 함께 나누는 등 정신적인 동반자로 여러 번 등장한다. 하지만 아무 상관없을 것 같은 이 노인이 실은 미뇽의 숨겨진 출생의 비밀을 푸는 열쇠였다.

그동안 감춰졌던 빌헬름에 대한 미뇽의 사랑이라든가,

출신에 대해서는 결말 부분에 등장하는 의사를 통해 어느 정도 밝혀진다. 그리고 미뇽의 장례식에서 자신이 바로 미뇽의 숙부라면서 오열하는 후작이 갑작스레 등장하는데, 『빌헬름 마이스터의 수업시대』 8권 9장에 미뇽의 백부가 남긴 '어떤 후작의 고백'으로 모든 진실이 밝혀진다.

이 후작의 수기에 따르면 하프를 연주하며 빌헬름과 미뇽의 주변을 맴도는 노인은 원래 이탈리아 북부 산간지방 출신의 귀족으로 본명은 아우구스틴이라고 한다. 젊은 시절부터 수도원에서 생활했던 그는 어느 날 우연히 집 근처에서 스페라타라는 어린 소녀를 만나 사랑에 빠진다. 그런데 이 스페라타는 아우구스틴의 부모가 노년에 낳은 딸이었다. 부부는 늙은 나이에 아이를 낳았다는 세상의 조롱을 피하기 위해 옛 친구에게 자신들의 딸을 키워달라고 부탁했던 것이다. 즉 아우구스틴과 스페라타는 친남매간이었다.

아우구스틴은 스페라타를 사랑한 나머지 수도원에서 나

올 생각까지 했으나, 그들의 관계를 잘 알고 있는 어떤 사람으로부터 스페라타가 친동생이라는 소식을 듣고 아무런 말도 하지 않고 그녀의 곁을 떠난다. 하지만 그때는 이미 스페라타가 임신한 뒤였다. 그 후 스페라타는 딸을 낳았는데, 이 아이가 다름 아닌 미뇽이었다. 어렸을 때부터 유난히 몸이 재빠르고, 노래도 잘 부르던 미뇽은 어느 날 호숫가에서 놀던 중 행방불명이 되었다. 미뇽의 실종에 충격을 받은 스페라타는 미뇽에 대한 그리움으로 조금씩 미쳐갔다.

한편 아우구스틴은 다시 수도원으로 돌아왔지만, 마음을 안정시킬 수 없어 하루 종일 하프를 매만지며 노래만 불렀다. 얼마 후 스페라타는 사랑하는 아우구스틴이 자신의 친오빠임을 끝내 알지 못한 채 죽고 말았다. 스페라타의 죽음을 전해들은 아우구스틴은 수도원을 몰래 도망쳐 독일로 갔다. 평생을 떠돌며 자신의 불행한 운명을 노래했던 아우구스틴은 훗날 우연한 기회에 미뇽과 빌헬름을 만나게 되었던 것이다.

Goethe, Johann Wolfgang von

Goethe, Johann Wolfgang von

1749년	8월 28일 프랑크푸르트 마인 강변에서 태어났다. 아버지 요한 카스파르 괴테는 법률가로서 명목상 황실 고문관이었고, 어머니 카타리나 엘리자베트는 프랑크푸르트 시장의 딸로 명랑하고 상냥한 성격의 소유자였다.
1750년(1세)	12월에 누이동생 코르넬리아가 태어났다. 그 이후 태어난 남동생 둘과 여동생 둘은 일찍 세상을 떠났다.
1759년(10세)	인형극을 통해 파우스트 전설을 접하게 되었다. 그레트헨을 알게 되었다.
1764년(15세)	첫사랑 그레트헨과 이별하였다.
1765년(16세)	법학을 공부하기 위해 라이프치히대학에 입학하였다.
1766년(17세)	안나 케트헨을 만나 교제를 시작하였다.
1768년(19세)	신분적인 제약의 괴로움 때문에 케트헨과 이별하였다. 병을 얻어 학업을 중단하고 프랑크푸르트로 돌아왔다.

라이프치히 시절에 썼던 작품 대부분을 불태우고 요양
생활에 들어갔다.

1770년(21세) 스트라스부르대학에 입학하여 법률 공부를 계속하는
한편, 프리데리케를 만나 사랑에 빠졌다. 헤르더와 교
우하며 그에게 커다간 감화를 받았다.

1771년(22세) 순수하고 소박한 프리데리케를 위해 「오월의 노래」,
「그림 리본에 부쳐」, 「환영과 작별」 등 훌륭한 청춘시
를 짓기도 하였다. 8월에 법학 석사 시험에 통과하였다.
프리데리케와 이별하고 고향으로 돌아와 변호사 개업
을 하였다. 『괴츠 폰 베를리힝엔』 초고를 썼다.

1772년(23세) 5월에 아버지의 제안으로 법률 실습을 위해 베츨라의
고등법원에서 견습 생활을 시작하였다. 그곳에서 샤로
테 부프와 그녀의 약혼자 케스트너를 알게 되었다. 샤
로테를 사랑했지만 약혼자 때문에 뜻을 이루지 못하고
프랑크푸르트로 돌아왔다. 샤로테에 대한 이 비련의 체
험이 서간체소설 『젊은 베르테르의 슬픔』의 소재가 되

었다.

1773년(24세) 4월에 『괴츠 폰 베를리힝엔』을 완성하였다. 『파우스트』 집필을 시작하였다. 11월에 누이동생 코르넬리아가 친구 슐로서와 결혼하였다.

1774년(25세) 소설 『젊은 베르테르의 슬픔』을 집필하기 시작하여 4월에 완성하였다. 희곡 『클라비고』를 일주일도 채 안 걸려 완성하였다.

1775년(26세) 4월에 프랑크푸르트 은행가의 딸 릴리 쇠네만과 약혼하였으나 9월에 파혼하였다. 11월에 카를 아우구스트의 초청으로 바이마르 공국을 방문하였다. 바이마르 궁정의 여관女官 샤로테 폰 슈타인 부인을 알게 되어 정신적인 교제를 하게 되었다.

1776년(27세) 추밀원 고문관에 임명되어 정치 활동을 시작하였다.

1777년(28세) 6월에 누이동생 코르넬리아가 사망하였다. 『빌헬름 마이스터의 연극적 사명』을 기고하였다.

1779년(30세) 산문 『타우리스의 이피게니에』를 완성하였다.

1780년(31세) 7월에 『파우스트』 초고를 아우구스트 공 앞에서 낭독
하였다. 10월에 희곡 『타소』를 집필하기 시작하였다.

1782년(33세) 5월에 아버지가 세상을 떠났다.

1784년(35세) 인간에게도 간악골間顎骨이 있다는 생물학적으로 중요
한 논문을 발표하였다. 이 작은 논문은 후일 진화론의
본격적인 연구에 많은 도움을 주었다.

1786년(37세) 6월에 괴셴 서점과 전집 출판 계약을 맺었다. 9월에 이
탈리아 여행길에 올라 10월 말에 로마에 도착하였다.

1787년(38세) 『타우리스의 이피게니에』를 운문 형식으로 개작하고,
희곡 『에그몬트』를 완성하였다.

1788년(39세) 6월에 바이마르로 돌아왔다. 7월에 평민 출신의 크리
스티아네 불피우스와 동거를 시작하였다. 이 해에 실

러를 처음 만났다.

1789년(40세) 4월에 관능의 기쁨을 노래한 『로마 애가』를 완성하였다. 슈타인 부인에게 결별의 편지를 썼다. 6월에 『타소』를 완성하였다. 12월에 장남 아우구스트가 태어났다.

1790년(41세) 『식물 변태론』을 탈고하였다. 자연과학 연구에 몰두하였다.

1791년(42세) 5월에 바이마르 궁정극장 감독에 임명되었다.

1793년(44세) 5월부터 8월까지 마인츠 포위전에 종군하였다.

1794년(45세) 『빌헬름 마이스터의 연극적 사명』을 개작하여 『빌헬름 마이스터의 수업시대』의 집필을 시작하였다. 슈타인 부인과 다시 교류하기 시작했다. 실러가 고전주의를 표방한 것을 계기로 소원했던 사이가 가까워져 이후 평생 친교를 맺게 되었다.

1796년(47세) 『빌헬름 마이스터의 수업시대』를 완성하였다. 9월에 서
사시 『헤르만과 도로테아』 집필을 시작하였다.

1797년(48세) 『헤르만과 도로테아』를 완성하였다.

1805년(56세) 절친한 친구이자 동료였던 실러가 사망하였다.

1806년(57세) 나폴레옹 군대가 바이마르를 점령하였다. 크리스티아
네와 정식으로 결혼하였다.

1807년(58세) 『빌헬름 마이스터의 편력시대』 집필을 시작하였다. 18
세의 미나를 만나 사랑에 빠지게 되었다.

1808년(59세) 『파우스트』 1부를 출간하였다. 6월에 소설 『친화력』 집
필을 시작하였다. 9월에 어머니가 사망하였다. 10월에
나폴레옹과 세 차례 만남을 가졌다.

1809년(60세) 10월에 『친화력』을 완성하였다.

1811년(62세) 자서전 『시와 진실』집필을 시작하여 1부를 완성하였다.

1812년(63세) 베토벤을 만났다. 『시와 진실』 2부를 집필하였다.

1814년(65세) 페르시아 시인 하피스의 『디반』을 읽고 자극받아 장편 서사시 『서동시집』집필을 시작하였다. 『시와 진실』 3부를 간행하였다.

1816년(67세) 『이탈리아 기행』 1부가 간행되었다. 6월에 아내 크리스티아네가 병으로 세상을 떠났다. 9월에 샤로테와 재회하였다.

1817년(68세) 『이탈리아 기행』 2부가 간행되었다.

1819년(70세) 『서동시집』을 간행하였다.

1822년(73세) 19세의 울리케 레베초를 사랑하게 되었다.

1823년(74세) 에커만이 찾아와 조수가 되었다. 울리케에 대한 사랑이

좌절된 뒤 「마리엔바트 비가」를 썼다.

1829년(80세) 『빌헬름 마이스터의 편력시대』를 출간하였다. 『이탈리아 기행』 전편이 완성되었다.

1831년(82세) 1월에 유언장을 작성하였다. 2월에 『파우스트』 2부를 완성하고, 이어 『시와 진실』 4부를 완성하였다.

1832년(83세) 3월 22일 세상을 떠났다. 26일 유해가 바이마르 대공가大公家의 묘지에 대공 및 실러와 나란히 안치되었다.